F. A. Brockhaus

Die deutschen Mundarten im Liede

Sammlung deutscher Dialektgedichte

F. A. Brockhaus

Die deutschen Mundarten im Liede
Sammlung deutscher Dialektgedichte

ISBN/EAN: 9783743365506

Hergestellt in Europa, USA, Kanada, Australien, Japan

Cover: Foto ©Andreas Hilbeck / pixelio.de

Manufactured and distributed by brebook publishing software (www.brebook.com)

F. A. Brockhaus

Die deutschen Mundarten im Liede

Die
deutschen Mundarten
im Liede.

Sammlung deutscher Dialektgedichte.

Nebst einem Anhang:

Poetische Proben aus dem Alt-, Mittel- und Neudeutschen,
sowie den germanischen Schwestersprachen.

Leipzig:

F. A. Brockhaus.

—

1875.

Vorwort.

——

Der Wunsch, eine Sammlung deutscher Dialektgedichte, die zunächst nur aus Liebe zu unserer deutschen Sprache und aus Freude an ihren verschiedenen Entwickelungsformen zusammengetragen wurde, auch einigen in der Ferne wohnenden Freunden zugänglich zu machen, gab den ersten Gedanken, diese Lieder in der vorliegenden Zusammenfügung dem Drucke zu übergeben.

Wenn uns die Rose, die Nelke, jede Blume für sich, gefällt: einen neuen und besondern Reiz gewinnen sie durch die Vereinigung zu einem Strauße. Und so mag wol mancher, welcher hier oder dort einmal an mundartlichen Dichtungen sich erfreute, ja welchem die hier gegebenen Lieder im einzelnen längst bekannt sind, es gern sehen, dieselben nun beisammen zu finden und alle die verschiedenen Stimmen des Vaterlandes nebeneinander erklingen zu hören. Mancher wird sich bei der Lesung des einen oder des andern Gedichtes eines lange entfernten Freundes erinnern, der in jenen ihm lieb, aber seit Jahren ihm fremd gewordenen Klängen sprach; manchem vielleicht der jenseit des Oceans eine neue Heimat gefunden, mögen diese Lieder das Bild der alten Heimat zurückrufen.

Vorwort.

Der Wunsch, eine Sammlung deutscher Dialektgedichte, die zunächst nur aus Liebe zu unserer deutschen Sprache und aus Freude an ihren verschiedenen Entwickelungsformen zusammengetragen wurde, auch einigen in der Ferne wohnenden Freunden zugänglich zu machen, gab den ersten Gedanken, diese Lieder in der vorliegenden Zusammenfügung dem Drucke zu übergeben.

Wenn uns die Rose, die Nelke, jede Blume für sich, gefällt: einen neuen und besondern Reiz gewinnen sie durch die Vereinigung zu einem Strauße. Und so mag wol mancher, welcher hier oder dort einmal an mundartlichen Dichtungen sich erfreute, ja welchem die hier gegebenen Lieder im einzelnen längst bekannt sind, es gern sehen, dieselben nun beisammen zu finden und alle die verschiedenen Stimmen des Vaterlandes nebeneinander erklingen zu hören. Mancher wird sich bei der Lesung des einen oder des andern Gedichtes eines lange entfernten Freundes erinnern, der in jenen ihm lieb, aber seit Jahren ihm fremd gewordenen Klängen sprach; manchem vielleicht der jenseit des Oceans eine neue Heimat gefunden, mögen diese Lieder das Bild der alten Heimat zurückrufen.

Aber man hat die Frage aufgeworfen, ob die Dialekt=
poesie überhaupt eine Berechtigung besitze, ja es gibt Leute,
welche den Dialekt einfach für „verderbtes Deutsch" halten.
Goethe, der die mundartlichen Dichtungen Grübel's und
Hebel's hochschätzte, in dessen „Götz" der Volkston so
mächtig durchbricht und welcher unter seine Lieder ein Dialekt=
gedicht, entkleidet von den schleppenden Nachsilben der
Schriftsprache, aufnahm, dachte hierüber anders. Und
wahrlich, das Volkslied, in der Mundart des Gaues, in
welchem es geboren ward, in der Sprache der Menschen, in
deren Herzen es erwachte, wird nicht erst anfragen müssen,
ob es leben dürfe. Wer die Menschen liebt, ihre ange=
stammten Sitten und Anschauungsweisen, der wird auch ihre
Mundart und ihre Dichtungen lieben. Und auch die mund=
artliche Kunstpoesie, wenn, wie bei Hebel, Holtei, von
Kobell und vielen andern, das Lied nur überall solche
Stimmungen ausspricht, wie sie im Kreise edler und be=
gabter Kinder des Volks wirklich heimisch sind, sodaß
nichts Gekünsteltes, nichts Altkluges zu Tage tritt, hat ihre
volle Berechtigung.

Es war aber bei vorliegendem Buche keineswegs das
zunächst ins Auge gefaßte Hauptziel, eine Sammlung „schöner
Gedichte" zu geben, sondern es handelte sich in erster Linie
um die Zusammenstellung der Dialekte, für welche diese
Gedichte nur die Träger sind. Es galt, in dieser nivelirenden,
die Stammescharaktere in Tracht, Sitte und so auch in der
Sprache verwischenden Zeit ein Bild des deutschen Dialekt=
concertes zusammenzufügen, in einer Form, an der ein
billiger Beschauer Geschmack finden möchte. Bei diesem
Standpunkte wird man es nicht zu strenge beurtheilen, wenn
für manche Dialekte auch einzelne Sprachproben geringern
poetischen Werthes mit unterliefen; mögen dieselben als „einst=
weilige Vertreter" dieser Idiome immerhin dastehen, bis

wie Uhland zu seinen altdeutschen Volksliedern ent=
schuldigend sagt, „die rechten Muster gefunden" oder — ge=
dichtet sind. In ähnlichem Sinne wolle man eine nicht
ganz gleichmäßige Anordnung der Gruppen entschuldigen, die,
je nach dem hier reicher, dort sparsamer vorhandenen Mate=
riale, bald mehr in Unter= und Zwischendialekte spaltet, bald
wol auch einander Fernerstehendes zusammenfaßt.*

Zahlreiche Wort= und Redeformen des Altdeutschen
und der stammverwandten Sprachen, welche in unserm
heutigen Schriftdeutsch erloschen sind, leben in den Dia=
lekten fort. Zu ihrem Verständniß möge der beigefügte
„Anhang" beitragen, welcher die deutsche Sprache auf den
Hauptstaffeln ihrer Hervorbildung aus dem Altdeutschen vor=
führt, unter Anschluß einiger Musterstücke der übrigen ger=
manischen Idiome. Den nicht sprachgelehrten Leser möge
diese anspruchslose Zusammenstellung erkennen lassen, wie
etwa die einzelnen Entwickelungsformen der germanischen
Sprache nebeneinander sich ausnehmen, wie nahe die durch die
politische Selbständigkeit unserer ehemaligen Stammesgenossen
und durch die Entwickelung ihrer Literaturen als selbständige
Sprachen erscheinenden Schwestern unserer Sprache und
ihren Dialekten stehen.

Ein großer Reiz bei dem Lesen von Dialektpoesie, wie
fremder Sprachen überhaupt, liegt in dem wiederholten Lesen
und in dem allmählichen Errathen des Sinnes der unserer
Kenntniß anfänglich fehlenden Worte; in dem Herausfühlen
der Bedeutung derjenigen Wendungen und Sprachfeinheiten,

---

* Eine größere Zahl von Gedichten wurde dem Sammel=
werke Firmenich's: „Germaniens Völkerstimmen" (3 Bände,
Berlin 1843—67) entnommen. In wenigen Gedichten
(S. 180. 208 und 276) wurden kleine Aenderungen, in einigen
Kürzungen angewendet, was die Billigung des vergleichenden
Lesers finden dürfte.

welche den Dialekten eigenthümlich sind und deren Zauber dem exclusiv hochdeutschen Leser zunächst völlig entgeht. Hier dürfte fast jeder Leser andere Ansprüche an ein beizufügendes Glossarium erheben; doch schien es rathsam, was Wort= erklärungen anlangt, lieber zu wenig als zu viel zu geben.

Ein schwieriger Punkt bei dem Drucke mundartlicher Dichtungen ist die Orthographie. „Wer das Wort Arwten" (Erbsen), sagt Fritz Reuter in seiner körnigen Weise, „richtig aussprechen kann, ist sicher ein Mecklenburger, und wer's richtig schreiben kann, ist mehr als ein Mecklen= burger";

> Wer kann 'n liebe Glockeklang
> So schreibe, wie er klingt?
> Un wer kann schreibe mit der Schrift,
> Wie schö en Amsl singt? —

sagt zu seinen pfälzischen Gedichten von Kobell. Von der von den verschiedenen Autoren mit mehr oder weniger Glück geübten Schreibweise ist unsere Sammlung nur wenig abgewichen. Es wäre nicht schwer gewesen, hier durch ein stärkeres Eingreifen eine größere Uniformität herbeizuführen; leicht indeß würde manche Nuancirung, die durch die ge= gebene Schreibweise glücklich angedeutet war, der scheinbaren Verbesserung zum Opfer gefallen sein.

Zu den bezüglich der Aussprache unter dem Texte selbst gegebenen Andeutungen sei hier noch bemerkt:

S am Anfang einer Silbe mit t oder p zusammen= treffend wird in Ober= und Mitteldeutschland bekanntlich wie sch ausgesprochen („Schtein", „Schpiel"), in Niederdeutschland so, wie es geschrieben wird („Stein", „Spiel"); es schien nicht nöthig, dies im Drucke anzudeuten. Am Schlusse der Silben tritt nur in Oberdeutschland der Zischlaut ein („bischt", „Eschpe"), was im Drucke hervorgehoben wurde.

Charakteristisch für einzelne Gegenden Süddeutschlands, zumal auch der Schweiz, ist die Aussprache des ch, welches, ganz hinten am Gaumen gebildet, in „ich" wie in „ach" klingt; also: „iach", „schleacht"; „cha" (kann) = „gcha".

Als die Sammlung dieser Lieder begann — im Sommer 1869 — war Nord= und Süddeutschland durch die Mainlinie getrennt. Es war die Absicht dieses Büchleins, diese Tren= nung an seinem Theile überbrücken zu helfen. Der Norddeutsche sollte in diesen Liedern die Treuherzigkeit der süddeutschen Brüder, der Süddeutsche die Tüchtigkeit und Gemüthstiefe des Norddeutschen aufs neue erkennen und lieben lernen. Das damals auf den Titel des Manuscriptes gesetzte Motto: „Das ganze Deutschland soll es sein!", die damalige Einreihung der Gruppe IV: „Elsaß und Lothringen", hatten einen andern Sinn, als dies heute für den Leser hervortreten mag.

Jene Verbrüderung ist inzwischen erfolgt, die Mainlinie überschritten! Was vor tausend Jahren der Begründer unserer heutigen Liedform, Otfried, zu Weißenburg von einem der besten deutschen Stämme, den Franken, sang:

Sie sind viel schnelle,
Vom Feind' sich zu befreien;
Die dürfen's nur beginnen,
Und sie sind bezwungen! —

Die lehrten sie's mit Schwertern,
Mit Schwertern, nicht mit Worten! —

Und Alles, was sie denken,
Mit Gott sie Alles wirken! —

das ist bei Weißenburg, glorreich und wörtlich, für Deutsch= land in Erfüllung gegangen.

Heißer Dank Denen, die dafür litten! Preis und Ehre allen Denen, welchen wir die Einigung des Vaterlandes verdanken!

Möge dies Buch dazu beitragen, den Sinn für die deutschen Mundarten, die so wichtig für das Verständniß unserer Sprache sind, und die so viele Schönheiten enthalten, deren die hochdeutsche Schriftsprache sich entäußerte oder welche sie niemals besaß, zu beleben und zu steigern; möge dasselbe die Liebe für die mundartliche Dichtung, in welcher ein so reiches Stück Volksleben und Volkscharakter sich spiegelt, befestigen helfen!

Geschrieben im August 1875.

Inhalt.

Anhang.

I. Alt-, Mittel- und Neudeutsch.

II. Germanische Sprachen.

I. Gothisch.

II. Nordische Sprachen.

I.

Oberbairische Mundart.

Bi z'friedn dabontwegn.

Mit vier Roß wirf i nit leicht um,
I ho nit oa's [1],
Mir geht nit leicht a' Kalbi krumm,
I ho ja koa's.

Mir fallt koa' Haus sei' Lebta z'amm,
Es g'hört koa's mei',
Ho' koani Schaf, drum schlagt mir aa' [2]
Der Blitz nit drei'!

Mein Troad [3], dem thuat koa Hagl nix,
I ho' koa Feld,
Verlier' nit leicht Dukatnfüchs,
I' ho koa Geld.

Nix hou i, und do' leb' i halt
Mit Gottes Gnad',
Und's Lebn oft oan' [4] nit besser g'fallt,
Der ebees [5] hat.

Viel Hab'n, viel Sorg, es is scho' gwiß,
Wie leicht ho's i!
Grad daß mei nix oft z'weni' is,
Dees irgert mi.

---

[1] eines. [2] auch. [3] Getreide. [4] einem. [5] etwas.

Und dengerscht[1], 's hat mir Gott ja gebn
A fröhli's Bluat,
Und fragst, wie steht's mit Leib und Lebn,
'Sag' allzeit „guat!"

Franz von Kobell.
(Gedichte in oberbayerischer Mundart,
6. Aufl., München 1862.)

---

[1] dennoch.

Guat Nacht!

Guat Nacht, sagt's Diendl zu sein Buabn
Und ko nit weitergeh',
Guat Nacht sagt er, hat's bei der Hand
Und bleibt halt aa no'[1] steh':

Guat Nacht und nochamal guat Nacht. —
Da schaugn s'anander o',
Und sie sagt nix und er sagt nix
Und do' geht koans davo'.

Da kimmt der Mond gar herrli' 'rauf
Am Himmi, ah die Pracht!
Da habn s'no' a Viertlstund'
Den schön'n Mond bitracht'.

Da singt a Vögerl in an Busch,
Den lunjn'[2] s'aa no' zua,
„Was muaß dees für a Vogl sei'?"
Fangt wieder o' der Bua.

Sagt sie: „„„Den Vogl trau' i nit,
Der Vogl is nit g'recht;
Es schlafa alli Vögl scho',
Woaß Gott, was der no' möcht'.'""

---

[1] noch. [2] dem lauschen.

„Was traust denn du den Vogl nit?"
Fragt weiter drauf der Bua,
„Den Vogl geht sei' Schatzerl o',
Sunst gaab er scho' an Ruh'."

„„Geh dir fallt allzeit so was ei',""
Hat's Diendl drüber g'lacht;
Und üb'r a Weil' da sagn s'anand'
Zum viertn mal guat Nacht.

Da fliegt a Fledermaus vorbei,   ·
Da hat si's Diendl 'duckt;
Sagt er: „Dees werd bees Vögerl sei',
Moanst, daß 's di' ebba [1] schluckt?"

„„Ja, ja mei Muatter hat's oft g'sagt,
Auf d' Fledermäus' gib Acht,
Und bleib dahoam, bal [2] 's finster werd.
Drum jetz': a guati Nacht!""

So habn sie's no' a schöni Weil
Mit ihnern Abschied g'macht
Un san schier gar nit firti' worn
Vor lauter: guati Nacht. —

Die Lieb' hat halt an großn Fleiß
Und arbet Tag und Nacht,
Und wann aa Alles schlafa thuat,
Is sie no auf der Wacht.

Franz von Kobell.

____

[1] etwa. [2] sobald.

Jagalied.

Was waar's denn um's Lebn ohni Jagn,
Koan' Kreuzer nit gebet i' d'rum,
Wo aber a' Hirsch zun d'erfragn,
Wo's Gambsein geit[1], da reißts mi 'rum.
Ja 's Jagn dees is mei Verlanga,
Ho 's zeiti scho' mögn a'fanga,
Ha ho! und mei g'führigi Bir
Und i sag' halt da drüber geht nix.

Thäats hocka[2] bei Diendln und Kartn,
Thäats tanzn und kegln grad gnua,
Will lieber an' Hirschn d'erwartn
Und birschn d'rauf spat oder frua.
Dahoamtn da mag i nit bleibn,
Will draußtn mi umanand treibn,
Mei' Musi' san d' Vögerln in Wald
Und die macha mar auf wie's ma' g'fallt.

Steig' auffi, steig' abi, steig' eini,
A' Gambs is a' Steigerei werth,
A' Gambs is gar flüchti' und schleuni,
Und leicht geht der Handl verkehrt.

---

[1] Gemsen giebt. [2] thut sitzen.

D'rum is aa' an' Ehr' dabei z' gwinna,
Und muaßt was verfteh' und was kinna [1],
Denn der fi' nit recht zammanimmt
Aa nit leicht zun an Gambsbartl [2] kimmt.

Hoch vivat die Berg folln lebn
Und's Woadwerk und wer was d'rauf halt,
Mein' Schatz will i 's Edelweiß [3] gebn
Und hoff mir aa g'wiß, daß's ihr g'fallt;
Denn that fie's nit lufti' bitrachtn,
Dees jaagerifch Bliemi verachtn, ·
So ließ i' f'aa laaffa gar bald
Und thaat' haufn alloani in' Wald.

Franz von Kobell.

---

[1] können.   [2] Gemsbart.   [3] zierliche Alpenpflanze (Gnaphalium leonto-
podium).

Was gschicht, wann der Lanks[1] kimmt und was's bideut'.

Dees Erscht' is, bal'[2] der Lanks will kemma,
Ees[3] wißt es, da roast[4] der Winter davo',
So macht' si' aa' weiter a' graautiger Loba[5],
Fangt a' lustiga Bua seine Gschpaßln o',
Aber weil er so lang auf den Platz ist gewes'n,
So gront[6] er bei'n Furtgeh' und zoagt sein' Zorn,
Des is in' April scho' gwiß an Jder,
Der d'rauf hat achtgeb'n, inna worn.

Jetzt nacha lunsn[7] die Staudn und Boschn[8],
Und wann s' koan' Sturm mehr draußtn hörn,
Na' ziegn s'glei' o' ihna Feirta'gwandl[9],
Da muaß ja, wie s'moan', schö' Wetter wer'n.
Dees is der Fürwitz vo der Juge'd,
Die halt nie nix d'erwartn ko'
Und weil's gar ei'bildt und woaß All's besser,
So pumpst's dafür aa' oft gnua o'.

Die altn Baam[10] san nit so eili',
Die kenna den Handl und wissn's guat,
Daß statt den g'hofft'n hoatern Himmi
An diem[11] a Schnee no' kemma thuat.

---

1 Lenz. 2 sobald. 3 ihr. 4 reif't. 5 gewaltiger (plumper) Bursche. 6 zankt. 7 nachher lauschen. 8 Gebüsche. 9 Feiertagsgewänder. 10 Bäume. 11 zuweilen.

D'rum schlafe' s' gemüthli und erscht wann s' mirka
Daß ninderscht[1] mehr koa' G'fahr um's Haus,
Da' stecka s'aa auf die grün'n Sträußln
Und macha si' nachanander 'raus.

Weil aber an diawei'n[2] oana faul is
A' sellena[3] Baam, so kunts ihm g'schegn,
Schau daß er gar an' Lanks verschlafet
Und dees thaat dengerscht[4] koana mögn;
D'rum kemma die Vögerln daher, die kloan'n
Und singa so fleißi' Tag und Nacht
Und macha halt Musi als waar's für an' Kirta'[5]
Bis aa' der letzt' no' auf is gwacht.

Die Vögerln san die guatn Geister,
Die All's gern glückli' macha wolln
Und die dees zwidri[6] a'gedenka
An' Winter gar vertreibn solln.
Jetz' kemma die Bloama, schau wie lusti'!
Wie s' ziern und kraanzn Berg und Thal,
Jetz' is der Lanks in aller Pracht da,
Und Freud' und Frischn überall!

Und 'was bident' nacha dees Ganzi,
Die schö, die liebli' Frühlingszeit?
A' Zoacha[7] is's, daß unsern Herrgott,
So moan'i halt, sei' Welt no' freut,
Und daß ihm d' Leut' do' nit so z'wider,
Wann's aa' scho' bösi d'runter geit,
Und daß er uns a' guata Vater,
Dees moan' i, daß dees Ganz' bident!

Franz von Robell.

---

[1] nirgends.   [2] zuweilen.   [3] solcher.   [4] dennoch.   [5] Kirchweihe.   [6] widrige.
[7] Zeichen.

Nothi'[1] is nit lusti'.

Es that's leicht a' Joppn, bal's Tuach was nutz
Und waar schö' graab[2];
Was willst no' an' extra'n Kragn grea[3]
Wie buaches Laab[4]?

Es waar leicht a' Hüatl für's Wetter guat,
Koa Bandl d'rauf;
Was steckst denn a' Spielho'feder[5] so gern
Und a' Stränßl auf?

A' Gartn mit Gmüs', bal d'ebber[6] oan' hast,
Tragt der nit gua?
Was ziegst denn no' gspreckhti Nagerln[7] drinn,
Und Ros'n dazua? —

Es sicht scho' so aus als langet's nit recht,
Was noth alloa',
Als waar so e' nothi's sorgli's Lebn
Koa richtig's Thoa[8].

Wo kimmt denn dees her? geh' naus in's Feld,
In Wald und Flur,
Da hast es du g'lernt, da hast es her,
Von der lieb'n Natur.

---

[1] nothdürftig. [2] grau. [3] grün. [4] buchenes Laub. [5] Auerhahnfeder.
[6] sobald du etwa. [7] gesprenkelte Nelken. [8] Thun.

Da sichst ja wohl manchn Vogl fliegn,
Für gar nix guat,
Als daß er a' Liedl auf an' Baam
Schö' singe thuat.

Da sichst viele Bliemin[1], 's braucht s' koa Mensch, —
Sie blühen halt,
Und unnutze Käfer sumsn drum 'rum,
Wie's ihna g'fallt.

Da sicht ma ja Farb'n ohni End,
Warum so viel'?
I sag' weil's halt unser Herrgott a so
Und nit anders will.

D'rum thäats aa nit scheltn, bal' den oan'
Nit Alles g'recht.
Und bal er zum Huat a' schöns Bandl aa'
Und a Sträußl möcht'.

'S waar freili' ganz anders, hätt' uns und d' Natur
A' Knicker g'macht;
Der sparet bei'n Tag mit n' Sunne'schei'
Und mi'n Mond bei der Nacht.

Da gaab's kaam a Frucht, als Kartoffin grad,
Koan' Hopfa, koan' Wei',
Da singet koa Vogl, dees kostet z'viel,
Er will g'füttert sei.

Da schauget All's aus in oana Farb',
Da Farb' waar gnua,
Da blühet koa' g'spreckter Nagerlstock,
Koa Ros'n dazua.

Na, na! san ma' froh, daß's der liebi Gott
So lusti' hat g'macht,
Und daß er uns wohl ebbes Uebrig's schenkt
Von seiner Pracht.

Franz von Kobell.

Schutzengl.

Auf an jeds Kindl
An Engl giebt Acht,
Sitzt an sein Bettl
Bal' 's[1] schlaft bei der Nacht.

Wacht allwei fleißi,
Laßt's nit aus 'n G'sicht,
Daß halt den Kindl
Koa' Unglück nit g'schicht.

Bal' 's Kindl größer werd,
Fromm, brav und treu,
Bleibt dersell' Engl,
Sei' Lebta dabei.

Franz von Kobell.

---

[1] sobald es.

A Gschichtl.

Es san amal drei Student'n,
'Rum g'roast[1] in boarischn Wald,
Da is ehna 's Geld ausganga,
Dees gschicht an' Studentn bald:
Da habn s' studirt gar fleißi',
Wie kemma mir jetz zun an' Geld? —
Da wolln s'a Camedi spiel'n,
Wie koani no g'west auf der Welt.
Sie richtn si' her an' Tenna[2],
A Thürl hintn und vorn
Und schreibn an' großmächtinga Zetl,
Dees Stückl hoaßt: „Suach verlorn“.
Und mitten in Tenna als Fürhang
Da zieg s'a Blocha[3] auf
Und mal'n von alli zwoa Seit'n
Den Name' Theater drauf.
Es kost't der Platz grad an Groschn,
Der oa' der schreits überall 'rum,
Die andern an die zwoa Thürln
Empfangen das Pubelikum,
Und laßn von hintn und vor'n
Halt eini, was eini geh' kunt;
Der Fürhang in Mittl dazwischn
Is gwest, versteht si', herunt.

---

[1] herumgereist. [2] Tenne. [3] Leinwand.

A Groschn grad für a Camedi',
Da habn s' den Tenna bald voll,
Und Alles thut andächti' wartn,
Was ebba da kemma soll.
Es will si' aber nix rühr'n,
Was is denn da dra Schuld?
Bald stampfa und klopfa die Leutln,
Und endli' reißt die Geduld.
Da hat amal Oaner in Fürhang
An tüchtinga Zug auf tho',
Ietz schang'n die Hintern die Vödern
Anander großmächti' o'!
Und is ja wol gwest a Camedi',
A Gaudi hintn und vorn
Und nett dees verkündigti Stückl,
Des ghoaß'n hat „Snach verlorn". —
Natürli die drei Student'n
San zeiti' mit'n Geld'l davo',
Und habn sie 's derweil nit vertrunka,
So habn sie 's ebba no'.

Franz von Kobell.

Gedank'n.

Wenn Alles schö' staad[1] is und still in der Nacht
Und i aus'n Fenster die Stern' so betracht',
So denk' i mir oft und sag ma: ha mei'[2],
Wie werd's wohl da droben in Himmi sei'?

Wohl sagn j', daß dortn a Herrlikeit
Wie's koani heunt auf der Erdn geit,
Und dengerscht[3], so kimmt's do'[4] an jedn hart o,
Wann er halt amal nimmermehr dableibn ko!

Ja ja, es is bsunders dees Leben dahier,
Daß Oana gern da waar, was kann er dafür?
Und do' muß er furt, muß gar gschwindi dahi',
Oft wunderts mi', daß i so lusti' bi!

---

[1] still. [2] „mein" statt: „mein' Seel" oder „mein' Treu'". [3] dennoch. [4] doch.

A' Buschn[1] Schnadahüpfl'n.

Mei Herz thua di auf
Und daß d' Sunna scheint drei',
Denn es is ma heunt drum,
Daß i lusti will sei',
Daß i lusti will sei'
Wier a Lerchei bal 's singt,
Wie der Spielho in Falz;[2]
Der in G'ringl 'rumspringt.

O du tause'bschöns Kind,
Wann i di habn kunnt,
Nacha hätt i 'n Himmi
Auf Erdn herunt;
Und da waar ma nie bang
Vor koan Wetter, koan Reng[3],
Denn die müßt'n all furt,
Bal d' grad lachest a weng.

Und morgn und heunt
San nit allewei guat Freund,
Willst a' Bußl[4] hergeb'n,
Laß mi's heunt no d' erlebn,
Denn a Sorg hon i drum
Und bring's nit aus 'n Si',
Schau wenn b' Welt morgn z' Grund gaang,
Waar 's Bußl aa' hi'.

---

[1] Blumenstrauß. [2] Auerhahn in Balz. [3] Regen. [4] Kuß.

Und i will grad a Bläami,
J will ja koan' Strauß,
Grad a bißl a Bußl
Dees bitt i mir aus.

Amal kriegst mi scho,
Und dees is halt wann's is,
Nacha schau, wann d' mi kriegst,
Nacha hast mi ja g'wiß.

Und a Taubn in Fliegn
Der Teufi der brat's,
Und an Diendl sei' Denka
Der Guguck d' errath's.

Und 's Diendl is a Zither,
Wo drüber nix geht,
Und dem macht's die schönst' Musi',
Der 's Spieln versteht.

Und 's Diendl hat Zahnerln
Da lacht's wohl damit,
Und sie kunnt oan aa beißn,
Dees thuats aber nit.

Und es kimmt nit d'rauf o
Wie 'r a Diendl ausschaugt,
Bal 's no jung, schö und brav is
Und sunst ebbas taugt.

Du flachshaarets Diendl
Di' hon i so gern,
Und i kunnt wegn den Flachs
Glei a Spinnradl wern.

A' Gambs auf der Wand
Und da' Punkt[1] in der Scheibn
Und mei Schatz auf der Alm
Is mei' Thoa' und mei' Treibn.

---

[1] das Centrum.

A Birz ohni Ho[1]
Und a Diendl ohni Mo[2]
Und a Jaager ohni Schneid,
Da is's allemal gfeit[3].

Bist derntwegn koa Jaaga,
Weil d' Federn a'm Huat
Und an' Zwilling[4] aa hast,
Der pum pum macha thuat.

A Goasbock is g'stiegn
Gar hoch in oan' Zorn,
Hat a' Gambs wer'n wolln,
Is dengerscht[5] koa's worn.

Und a Fuchs is koa Lux
Und a Ratz is koa Katz,
Und koan Hirsch bild dir ei,
Thuast a Rechböckei sei.

Und es is nix so trauri
Und nix so betrübt,
Als wie wann si' a Krautkopf
In a Rosn verliebt.
Und es is nix so trauri
Und nix so weit g'feit,
Als wie wann si' a Pudl
In a Katzl verkeit[6].

Daß's geit[7] alti Hexn,
Ko glaabn wer will,
Aber jungi, di geit's,
O da kenn i gar viel',
Und hast damit z' schaffa
So thäan s dir was o
Und da kost nimmer schlafa,
Denkst allewei' dro.

---

[1] Hahn. [2] Mann. [3] gefehlt. [4] Doppelflinte. [5] dennoch. [6] verliebt. [7] gibt.

Dei Lieb wann a Buach waar,
Dees leset i glei,
Und wie viel wur denn drinn steh,
Was moaſt[1], von der Treu?
Und dei Lieb wann a Farb hätt,
So bild i mir ei, ſchau,
Weil d' gar ſo viel' gern haſt,
Ganz gſchecket müßt ſ' ſei.

Und d' Lercherln die ſteign
In d' Höchn gar gern,
Und wie höcher daß ſ' ſteign,
Wie kleaner daß ſ' wer'n.
Und ſo ſteigt an diem[2] Dann,
Der hoch außi will,
Is heruntn gar weni
Und drobn nit viel.

Und 's Liebn is a Schießet[3]
Auf a ſchneeweißi Scheibn,
Und da kennſt di nit aus,
Derſſt es wohl a Weil treibn;
Und 's Diendl is der Punkt
Und um den geht halt 's G'riß,
Und oft trifft 'n a Schütz,
Der der beſt lang nit is.

Franz von Kobell.

[1] was meinſt du. [2] zuweilen. [3] Schießen.

Von' Jaaga-Hannes.

„Spiel' auf Musikant spiel auf! .
Mit die feinern Soatn[1] für d' Wilgefort spiel,
Weil s' aa' so viel sei' is und g'freut mi so viel,
Und die grobn, die reiß' für 'n Hannes sei' Gall,
Grad weil's'n so zürnt daß dem Diendl i' g'fall'
Und daß er der letzt' allemal.

„Spiel' auf Musikant spiel auf!
An' schneidinga Laandler an' frischn heb' a',
Daß i schutzn[2] und draah'n[3] mei Wilgefort ko',
Und an' Tanz für an' Bärn den rupf hintndrei',
Der muaß für'n Hannes an' Abschiedslied sei',
I' trichter's dem Jaaga schon ei'.

„Spiel' auf Musikant spiel' auf!
Und spiel' für mi', wie der Auerho' salzt,
Wann er allewei' gschwinder sein Hochschlag schnalzt,
Und nacher an' Marsch, es is leicht oana guat,
Wie wann mar an' armi Seel' ei'grabn thuat,
Den arbet' 'n Hannes in's Bluat!“

— Der liederli' Gori hats g'sunga dees Lied
Und g'spielt hat der flink' Musikant,
Und der Hannes hinter der Thür hat's g'hört
Und is wor'n so weiß wier a' Wand.

Und 's falschi Diendl dees hat grad 'klatscht
Und hat ganz hellauf g'lacht:
„O Gori, deesmal hast meinoad [1]
Dees rechti G'sangl g'macht".

Da geht der Hannes und lad't sei' Gwihr,
Zwoa Läufin nebn anand;
Und lad't's mit feini und grobi Schrött'
Und 'zittert hat ihm sei' Hand.

„Jetz' sing' aar a' Liedl du Blei du sei's
Für die treulos' Wilgefort,
Grad wie d'es die wildn Taubn singst
Und sing' ihr in's Herz deini Wort!

„Und du, mit'n schwaar'n grobn Zeug
Du summ's 'n Gori oa's für,
Nett wie's der Fuchs hat z'hörn 'kriegt,
Der naachst is g'falln vo' dir".

Der Mond hat g'scheint spat in der Nacht,
Da kemma s' a'm Steigl daher,
Der liederli' Gori und b' Wilgefort,
Kreuzlusti' sie und er.

Da fallt a' Schuß und wied'r a' Schuß
Und drauf an' etli' Schroa,
Und bluati' stürzn mitanand
In's nassi Gras die zwoa.

„Was seid's so staad [2] jetz auf amal,
So sing' do', Gori, sing',
So lach' do', schöni Wilgefort
Und spott und tanz' und spring!"

----

[1] bei meinem Eid. [2] still.

„Spiel auf Musikant, spiel' lusti auf,
Sunst schlaft ja's Paarl ei',
Wecks auf bal' d' kost¹, sie zahln di' guat, —
Gel' Fidler, laßt es sei!"

Sie hamm si' mehr koa' bißl g'rührt,
San todt a'm Bodn g'legn; —
An' Jaaga-Hannes hat vo' Stund'
Koa' Menschnaug' mehr g'segn.

Franz von Kobell.

¹ kannst.

A Schicksal.

's Midei [1], die hat zwei Schätz' gehabt
Nacheinander, zwei Brüder,
Oft hab i's g'segn beim Jacobi=Tanz, —
Waren ihr wohl nit z'wider.

Schaug, der Oan' is a Holzknecht g'wen:
's Deandl war z'Alm im Summa,
Un auf oamal, vier Wochen lang
Is er halt nimmer kumma.

Unter a kirchthurmhohen Wand
Finden's ihn drunt, wo er g'legn is;
Wie's ihn scho lang ham eingraben ghabt,
Ham's es ihr g'sagt, was eam g'schegn is.

Und der Ander', der war dahoam,
Der hat ihr d' Heirath versprocha;
's Deandl war z'Alm, da is der Bua
Nimmer kemma vier Wocha.

Hat unterm Wallberg a Andere g'holt,
Die a schön's Sach und koan Mo' hat;
Wie's ihn schon lang verkündt ham g'habt,
Ham's es ihr g'sagt, was er tha hat.

---

[1] Diminutiv von Maria.

Herrgott! — die wird berschrocken sein
Hätts gern drum fragen mög'n;
Aber i hab's beim Jacobi-Tanz
Seitdem nit wieder g'segn.

K. Stieler,
(Bergbleameln. München,
Braun und Schneider.)

II.

Oesterreichische Mundart.

Die Alpenfahrt.

Mundart des Zillerthales in Tirol.

Stea nu au[1], stea nu au, früscha Melcha-Bua!
Stea nu au und melch dai Kua!
As schwögla[2] jo schoan d' Vögal laud,
Di Sunn schoan übas Jöchal[3] schaud.
Stea nu au, stea nu au, früscha Melcha-Bua!
Stea nu au und melch dai Kua!

Kling, klang, klong! Kling, klang, klong! schollt's durch Berg
                und Thol,
Kling, klang, klong! schollt's übarol!
Di Sönnin jodlt 's Olma-Liad
3' heachst, wo da Schpeik[4] und Rautn blüat.
Kling, klang, klong! Kling, klang, klong! schollts durch Berg
                und Thol,
Kling, klang, klong! schollt's übarol.

Nid vazogt, nid vazogt, üba Gschröf[5] und Wond!
's iß jo dechtar[6] s' Vobalond,
A dorst[7], wo s' Gamsal springt und tonzt,
Und's Eis vn d' Käß[8] hear ocha[9] glonzt.
Nid vazogt, nid vazogt, üba Gschröf und Wond,
's iß jo dechtar 's Vobalond.

---

[1] Steh nur auf. [2] pfeifen. [3] Joch. [4] Lavendel (spica). [5] Felsen. [6] doch.
[7] dort. [8] Gletichern. [9] herunter.

Schaugs[1] hearau, schaugs hearau vu dar Hoamath mein!
Schaugs hearau, wia 's üsch so fein!
Deanal, iß dar woll die Zeid nied z' loung,
Iß dar woll nid um dai Löttal[2] boung?
Schangs hearau, schaugs hearau vu dar Hoamath mein!
Schaugs hearau, wia 's üsch so fein!

Treib früsch au, treib früsch an, schworza Melcha=Bua!
Treib iatz an Schoof, Kolb und Kua!
Nimm das Pfeisal, und das Ranzal gfüllt,
Dos da d' Lonkwail und 'n Hunga stüllt.
Treib früsch au, treib früsch au, schworza Melcha=Bua!
Mooch dos Kroitz und treib früsch zua!

---

[1] schauet. [2] Burschen.

Der Tiroler in der Fremde.

Chimmt a Vogerl geflogen,
Setzt sich nieder auf main Fuß,
Hat a Zetterl im Gojcherl [1]
Und vom Diarndl a Gruß.

Haft mi allweil vertröstet
Ulf die Summeri-Zeit,
Und der Summer is chimma
Und main Schatzerl is weit.

Daheim is main Schatzerl,
In der Fremd bin i hier,
Und es fragt halt chain Chatzerl,
Chain Hunderl nacher mir.

Liebs Vogerl, flieg' weiter,
Nimm a Gruß mit und a' Kuß!
Und i chann di nit b'glaita,
Wail i hier blaibi muß.

Volkslied.

---

[1] Schnabel.

Der Dieb.

Vom Wald bin i führa [1],
Wo's stock finste is,
Un i lieb di von Herzen,
Das glaub' mi g'wiß!
Da lacht er, da lacht er,
De schelmische Dieb,
Als wenn er nit g'wußt hätt',
Daß 'n gar so lang lieb'.
   La la la la la la!

Gieb ma 's außa, was d' ma g'stohlen hast,
Gieb ma's auß mein Herz!
Na behalt's nur, na behalt's nur,
's war ja mein Scherz.
Na behalt's nur, na behalt's nur,
's war ja nur mein Scherz;
I' g'hör dein zu, und du g'hörst mein zu,
Eins mit 'nander das Herz.
   La la la la la la!

---

[1] hervor (=gekommen).

Schnaderhüpfel.

Mundart in der Gegend von Salzburg, Ischl und Hallstatt.

Raif'[1] du Schworzaugeter,
Loß mi mit Rueh,
Bin eh nöt dei Dirndl
Und du nöt mei Bue!

Geh du Schworzaugeti,
Gel füer di tauget i,
Gel füer di war i recht,
Wonn i di mecht?

D' Fischerln in 'n See
Schwimment hi, schwimment he,
Schwimment auf und nieda;
Bue, wonn kimmst denn wieda?

Dirndl, geh her zan Zaun,
Und loß di recht onschaun,
Wie deini Aeugerln san,
Schworz oda braun?

San meini Aeugerl
Schworz oda nöt,
Dös woaß i gwiß,
Für di taugns nöt.

---

[1] Gehe.

Mei Dirndl hoaßt Reserl,
Is reserlat[1] gmolen;
Hon d' Kaiserin gsegn,
Hod ma nöt so guet gfolln.

Koan Haus und koan Geld,
Und koan Wies' und koan Feld,
Und koan solchana Bue
Soll nöt sein af da Welt.

An ehrlögs Geblüet
Und an aufrichtögs G'müeth,
Und a Herzerl, a treu's,
Dos is d' Solzburga Weis'!

Zrissen is 's Gwandl
Voll Löcha hand d' Schue,
Oba Schotzerl krieg i döstwögn
No allöweil gnue.

Liebs Schotzerl, moch auf,
Do herrausten[2] is's kolt,
Ba dir in da Komma[3]
War's hoamlöga[4] holt.

's Dirndl is houtsom,
Zan Tonzen schen longsom,
Zan Afmocha gschwind,
Wonn da rechtö Bue kimmt.

A Schronkbam[5] für d' G'danka
Is an Ummüglögkeit,
Und dos hot mi als a Kloana
Schon unbändög gfreut.

—

[1] rosig.　[2] hier außen.　[3] Kammer.　[4] heimlicher.　[5] Schlagbaum.

A Lieb dö recht stork is,
Dö plodert[1] nöt gern,
Wie 's d'[2] a Wossa, dos tief is,
Nöt rauschen wirst hern.

Zwoa schneeweißö Täuberl
Fliegn trinka zan See,
Wa Lieb dö geht ünta
Und nimmar in d' Heh.

Für Olls war zan helfa,
Ollö Kronken wurn g'sund,
Wonn mar' s recht Kräutl kennat,
Und wonn mar's a fund.

Und i kennats und wissats
Und findats a glei,
Und konn ma dennert nöt helfa:
Mit mir is's dabei!

---

[1] plaudert. [2] wie du.

Da Buschn[1].

Mundart im Pongau in den Salzburger Alpen.

's Dianaj hat gsagt:
„Mecht an Buschn[1] geau habn".
I laaf wohl auf d'Wiesn
Und brock[2] ihr oan zomm.

Zeascht nimm i a recht a
Schös Veigaj[3], a blaus;
Bedeut ihrö Aeugaj,
Schaund krad aso aus.

A brinnrothe Stoanagaj[4]
Das bind i glei dro,
Schaut mi krad so schö roth,
Wier ihr Göschaj[5], schier o.

A Kleeblad vasteht si,
Das muaß sei dabei;
Das waar a saubarö
Lieb ohne Treu!

A Schmalzbleaml[6] nimm i,
Ist gelb und bedeut,
Daß i eifa[7] mit ihr,
Und koan Onnarn[8] nid leid.

---

[1] Blumenstrauß. [2] pflücke. [3] Veilchen. [4] Kartäusernelke. [5] Mündchen.
[6] Butterblümchen. [7] eifersüchtig bin. [8] andern.

Und find i a Klettn,
So bind is dazua;
Bedeut, daß i ewig
An ihr hänga thua.

Va da Hedschabötschstauan [1]
Da nimm i an Ast;
Bedeut daß mei Herz hat
Koa Rua und koa Rast.

Van Feibabam [2] bind i
A Kazaj [3] dazua,
Bedeut, daß i auf Ostan
As Heirathn thua.

Den Buschn den gib i ihr;
Mag sei, daß vasteht,
Was i selba gean sagat,
Wonn is Heaschz dazua hätt.

---

[1] Hagebuttenstaude. [2] Felberbaum, Weidenbaum (der um Ostern blüht).
[3] Kätzchen.

's Mundakräutl.

Oberösterreichisch.

Wann i voll Ummneß bin
Und volla Trabikeit[1],
Schwanzt sie schen stat[2] dahin
Und laßt iehm Zeit.

Aft, wann i benz und beit[3],
Haißt s' mi an Bobara[4],
D'landrischen[5] Bedlleut,
Sait s', boban a[6].

Wann i nah hari wir[7]
Und thürmisch[8] af sie schau,
Laft s' mar af ainmol für,
Ehn is umtrau.

Laft über d'Zwerigst[9] drein,
Lafti laf, lafti laf,
Nix hilft mein Grein'n[10] und Schrein,
Is thuet ma draf[11].

Kimm i na endling
Af d' Wiesen, wo s' Gruemat heugt[12],
Und sag, sie war schon brav,
Weil s' a so heugt; —

---

[1] Arbeitsüberladung. [2] schwänzelt sie schön langsam. [3] dränge und warte. [4] Ueberstürzer. [5] landläufigen. [6] übereilen auch). [7] nachher rauh werde. [8] schwindelig, betäubt. [9] überzwerg. [10] Zanken. [11] sie pfeift mir drauf. [12] Grummet haut.

Kehrt s' mar 'n Buckl zue
Und föhrt mi schnaurad an,
Daß i recht güeting gnue
Z' schmöcka dran han.

Hat ma wer gsagt dös nächst [1]
Daß so a Kräutl is —
Awa wolent [2] daß's wachst,
Waiß a nöt gwiß —

So so bowahrt [3] soll's sein,
Blsicht um Johanns herum,
Gat ma's [4] 'n Weibern ein,
Wern's lampelsrum.

Wann i 's nar inna wurd [5],
Wolent das Kraut mneß sein:
I raiset heut nu surt
Und gab iehus [6] ein.

Und bauet ast [7] a Jahr
Nix als den Kräutasamm,
Braitet 's aus, Pfarr' [8] für Pfarr'
Bis hin gögn Ram [9].

Und wur in Jahr und Tag
Wia da graoß' Jud so rei,
Hätt's Geld in Mötzensack
Und — a srums Wei.

F. Stelzhamer.
(Lieder in ob der enns'scher Volksmundart.
Wien 1837.)

---

[1] jüngst. [2] aber wo. [3] gar so bewährt. [4] gibt man's. [5] nur innen würde. [6] gäb's ihnen. [7] dann, danach. [8] Pfarrei. [9] Rom.

A Bussl.

Niederösterreichisch, Gegend von Wien.

A Bußl[1] is a gschbonsigs Ding,
Es riglb oam[2] 's gonzi Bluad;
Mar ißd's nöd und ma drinkd's ah nöd
Und 's schmöckd do goa so guad.

---

[1] Kuß. [2] rüttelt einem.

Dö Sterndaln.
Mundart Niederösterreichs.

Dö Sterndaln san[1] Jüngferln,
Sö solln bai da Nocht: —
Main Derndal, main Jüngferl,
I roth da's, gib Ocht!

Dö Sterndaln san Jüngferln;
Schau, daß die nid irrst,
Und schau, daß d' ni a so
A Sternschnaiz'n[2] wirst.

Schaud's nur, wia d'Sterndaln
So zimperli thuan,
Und mid dö Aengerln
Koan Augablick ruahn!

Is dös a Gschamikaid[3],
Dös thuad koan Moan:
D'Jüngferln dö blinzeln so,
Schaud ma's z'stork oan.

Destwegn' behaupt i hold
Ollaweil no:
D'Sterndaln san Jüngferln,
Drum blinzeln's a so.

---

[1] Die Sterne sind. [2] Sternschnuppe. [3] Verschämtheit.

G'sungln.

Mundart Niederösterreichs.

A lusticha Bua
Der braucht oft a Bar Schua,
Awar a drauricha Nar,
Der braucht fäldn a Bar.

Mai Badar is a Jacha[1],
A Jacha bin i;
Mai Bada schiaßt di Bck
Und die Kitzln schiaß i.

Mai Schatzal had Aichal
Wia da Himml, so blau,
Drum is 's a koa Wunda
Wan i drin mi vaschau.

Wia-r-a Daiwal[2] hads Aichal,
Wia-r an Engal schauds her;
Und kim i zun Fensta,
Lassts in Bsadal daher.

Mai Schatz is a Büldl[3],
Das i abetn dua,
Und' d' Weld is zun Büldl
Nur 's Ramal dazua.

— —   —

[1] Jäger. [2] Täubchen. [3] Bildchen.

Daß mar immramohl[1] streid'n
Dös mocht ma koan Grom:
Zwoa gonz glotti Hölzeln
Holt'n ah nid fest z'som.

War'n unsari Herzerln
Zwoa Glöckerln — dö Fraid!
Wos gebad dös oft
Für a wundaschön's G'lait!

Won's nua nit schlimma wiad,
Won's nua so bleibt,
Won's ah schon regna thuad,
Won's nua nit schneibt[2].

Won i ah reich nit bin,
Hob nit vül Geld,
Won i nua kaufen kon
Dos, wos ma g'fällt.

Sieb'n Berg und sieb'n Thol',
Sieb'n Buarm[3] auf amohl;
An[4] liab i, an fopp i,
An heurat' i bol.

Ana winkt ma mit'n Augnau,
Ana tritt mi au'm Fuaß,
Ana zupft mi a'm Kidal,
Der an schickt ma an Gruaß.

Schluck obi[5] dain Zorn
Du lusticha Bua;
Wonns d' stad[6] bist und ruhig,
Nocha gebn's da[7] an Rua.

Schluck obi dos Reden
Wos di aufbringa kennt,
Wonns d' mitlochst, auf d'Wochen
Hot's Plauschen[8] an End.

---

[1] je zuweilen. [2] schneit. [3] Burschen. [4] einen. [5] hinab. [6] still. [7] dir. [8] Plaudern.

Da Zweifl.
Steirisch.

Da Himmel is drob'n,
Und die Höll' dö is drunt'n
A so hab'n f' ma 's als Buab'n,
Auf die Nas'n aufibund'n;

Da Glaub'n kimmt von Himmel,
Aus da Höll' kimmt da Teif'l
Und glei neb'n Glaub'n
Da wachst z'nachst da Zweifl.

So spitzt's engri Wascheln [1],
Los't's [2] wia' r ich's vazöl,
Wia da Zweifl mi juckt
Z'weg'n Himmel und Höll.

I waß a klans Häusl,
Da haus'n zwa Paar;
Dös oan sein rari Leutln,
An andern is ka guats Haar.

Dös oan Weib is zwida,
Er a damischa G'sell',
Ma hört's nix als streit'n,
Dö leb'n in da Höll.

[1] eure Ohren. [2] lauschet, horchet.

Die and're is herzi,
Da Mo lamperlguat,
Denen is frei [1] nöt anders,
Wia'r in Himmel drein z' Mnat.

Hiazt simulir' i in oanfurt,
Aber 's geht ma nöt ei — :
Wia Höll' und Himmel so nahat
Bei ananda ka sei?

S. Kraßberger.

---

[1] völlig.

Da Maun[1].

Mundart von Mariazell in Steiermark.

Denk i, es war a sou[2],
Schainad[3] da Maun,
Und i kunnad ned schlofn,
Wos stöülad i aun[4]?

Gangad[5] zan Fensta,
Tad schaun und tad schaun,
Und tad flikkan, tad nan[6],
Und dou wult's ma ned g'schlaunn[7].

Singad jo d' Nochtigol,
Uzad[8] di Nil,
Und es kolad[9] da Hunt
In Maun oli Wail.

Denk i es war a sou,
Kamad[10] main Pua[11],
Und's Fensta war oussn, —
Glabts[12], mochad i's zua?

Denk i, es war a sou,
Wül si ned tuan[13],
Denn i hounn jo kuan Piabl
Und pin nou aluan.

---

[1] Mond. [2] wäre so. [3] schiene. [4] was stellte ich an? [5] ging' ich. [6] nähen. [7] gerathen. [8] ächzte. [9] bellte. [10] käme. [11] Bube. [12] glaubt ihr. [13] will sich nicht thun.

Schau wul zan Fensta,
Schaud ianha [1] da Mann,
Ea schaud in mainn Pettl [2]
Mi loungwaili ann.

Pringg [3] ma kuan Piabl mid,
Loßt mi aluan,
Main Heatzl tuad zidann [4],
Main Aigl tuad wnann.

Suißd di wul schoummian [5],
Pfui, goaschtiga Mann!
A Dianddl sou z' grimman [6],
Wos hoßd denn dabann?

---

[1] herein. [2] Bettchen. [3] bringt. [4] zittern. [5] schämen. [6] grämen.

Mundart im Ritscheinthal in Steiermark.

A Pixabl[1] zan Schiasn,
A Ranzabl zan Jogn,
A Diandbl zan Pussln[2]
Muis a prava Pui hobm.

Du schworzaugads Diandb,
Wia stellst as denn on,
Daß d'Liab aus dein Aeugerln
So herkruseln kon?

Main Hea'tzadl is trai,
Is a Schlessadl dapai,
An uanziga Pui
Hob's Schlissadl dazui.

Main Boda hob gsogg,
Suld plaibm pan[3] Haus:
Houmn ungrechb vastountn,
Geh olli Nochb aus.

Wia hecha da Tuidn[4],
Wia hölar[5] is's Glait;
Wia waida zan Diandbl,
Wia greßar is d'Fraid.

---

[1] fast einsilbig: „Pix(a)bl"; ähnlich: „Ranzadl, Schlessadl" u. s. w.
[2] zum Küssen. [3] beim. [4] Thurm. [5] heller.

Hoch auffi pin i gstign,
Hoch oacha[1] pin i gfoln;
Houun's Luisdhaisl z'treddn,
Houun's oft miadn zoln[2].

Dout hint pin i fiara[3],
Won di Zwuanzga[4] wedn gschlogn,
Und kunn dou zan Taiga[5]
Nid Zwuanzga gnui[6] hobm.

Ai Dianddl, sai guid,
I kaf dar an griann Huid
Und a rosnrods Pount[7],
Wounn ma's Göld son waid glounggg[8].

Daß du di Schiachasd[9] pisd,
Sog i jusd nid;
Wounn d'a wenk schenna wasd,
Schodn tad's nid.

Sogst ollaweil von Schönhaid,
Wos is's denn damit?
Dö Schönhaid vageht,
Oba d' Hübschikaid nid.

Zu dir pin i gongen,
Zu dir hots mi g'frait,
Doh zu dir geh' i niamer,
Der Weg ös mer z' wait.

Pin da[10] weida nit hold,
Pin da weida nit feind,
Zan an Schott'n[11] pist guad,
Wonn dö Sunn so schön scheind.

---

[1] herab. [2] müssen bezahlen. [3] hervor. [4] Zwanziger. [5] doch zum Teufel.
[6] genug. [7] Band. [8] langt. [9] Schönste. [10] dir. [11] Schatten.

Wöülti[1] wülf' d' denn, wöülti mo'f' d'[2] denn,
Main' Gspannin[3], oda mi?
Schennar is wul main Gspannin,
Oba hibscha pin i.

Uan Lab[4] mocht kuann Summa,
Kuann Ausweats[5] uan Schwolb,
Wegn uann Dianddl trauann,
Kunn Niam wiar a Tolf[6].

Wegn uann Dianddl trauann,
Dös wa mar a Schount,
Es gip jo vül Duzad
In Staiaralount.

[1] welche.　[2] magst du.　[3] Gefährtin.　[4] Laub.　[5] Frühling.　[6] Thor.

Plopperliadln.

Mundart im Gurk=, Glan= und Görtschizthal in Kärnten.

Zwa Fischl in Wosser,
Zwa Vöglan in Wold,
Und zwa Leut, dö si' gern hob'n,
Dö find'n si' bold.

Ka See ohne Wosser,
Ka Wold ohne Bamm
Und ka Nocht, wo i schlof
Von mein Schotz ohne Tram.

Wonn der Mond ah nit scheint,
Scheinen wol die Steern,
Und wonn du mi nit mogst,
Hob wol i di geern.

Hübsch is er nit der Bua,
Glei[1] gor so fein,
Und Liab hot'r a iatrische:
Mein muaß 'r sein.

Diandl, wia is denn dir,
Is dir ah so wia mir,
I miacht glai in[2] gonzen Tog
Plaudarn mit dir.

---

[1] doch. [2] den.

Holsen[1] und Bußl gebn
Is jo koa Sünd,
Dos hot mar mei Muatt'r glearnt
Ols a kloans Kind.

A Schwolb'n mocht koan Summar,
A Zoisarl[2] koa Nest,
Und wonn du mi willst buss'ln,
So holt mi nuar fest.

Drei Buabnan zan Liab'n
Is ah no ka G'fohr,
An foppi, an liab i,
An heirat i gor.

Do drunt'n in Wold
Thuan dö Lablan[3] rausch'n,
Duart bin i mit mein Seppl
Gang[4] Hearzlan tauschan.

Du wearst jo, du wearst jo
Mai Diandl nit liab'n,
Du wearst jo, du wearst jo
So narrisch nit sein;
Und du wearst jo, du wearst jo
An Ond're wohl kriag'n,
Du waßt jo, du waßt jo,
Das Diandl g'hert mein.

---

[1] umhalsen. [2] Zeisig. [3] Läublein. [4] gegangen.

Mundart der Heanzen in Ungarn.

Wann dar Auff[1] a mal pfalzt
Und da Kiebauanbui[2] schnalzt
Und dar andri Hohn[3] schrait,
Is da Tog nima wait.

Drai schneewaißi Täubal
Fluign üba main Do[4];
Hiaz muis i's vastein,
Daß mi mai Bui nima mo.

Drai schneewaißi Täubal
Fluign über den See,
Mai Schooz is ma untren,
Mai Herz thuit ma weh.

Mai Herz thuit ma weh,
Wo i geh, wo i steh;
Wo i sitz, wo i luan[5]
Is mai Herz wia=r=a Stuan.

---

[1] Uhu. [2] Kuhbauernbube. [3] Der zweite Hahn, d. i. der Hahn zum zweiten mal. [4] Dach. [5] lehne.

Mundart der Deutschen in den Venetianischen Alpen.

(„Cetto communi", aus Tirol eingewandert etwa im XII. Jahrhundert.
Die Sprache ist dem Althochdeutschen nahe verwandt geblieben.)

Abendgebet.

Mundart von Ghiazza.

Haint gen-i-nidar suaze
Bit drai Enghiler a' de Fuaze:
    Oaz decka-bi
    Un oaz dorbecka-bi
Un oaz huata-bi son allen poasen Tromen,
Derwai' der liabe liachte Tak kint*).

—————

*) Heut gehe ich schlafen süße
   Mit drei Englein zu den Füßen:
     Eines decke mich
     Und eins erwecke mich
   Und eins behüte mich vor allen bösen Träumen,
   Bis der liebe lichte Tag erscheint.

III.

Deutsche Mundarten der Schweiz.

Schwyzer-Heimweh.

Mundart von Bern.

Herz, mys[1] Herz, warum so trurig?
Und was soll das Ach u Weh?
's ischt so schön i frömde Lande! —
Herz, mys Herz, was fehlt der meh?

„Was mer fehl'? — Es fehlt mer Alles;
Bi so gar verlohre hie! —
Syg[2] es schön i frömde Lande,
Doch es[3] Heimeth wird es nie!

Ach i d's Heimeth möcht i wieder,
Aber bald, du Liebe, bald!
Möcht zum Aetti, möcht zum Müeti,
Möcht zu Berg u Fels u Wald!

Möcht die Firschte[4] wieder g'schaue-n-
Und die lutre Gletscher dra,
Wo die flingge Gemsli laufe-n-
U kei Jäger fürers[5] cha.

Möcht die Glogge wieder g'höre,
Wenn der Senn uf d' Berge trybt,
Wenn die Chüeli freudig springe-n-
U kes[6] Lamm im Thäli blybt.

---

[1] mein. [2] sei. [3] eine. [4] Berggipfel. [5] weiter. [6] kein.

Möcht uf Flüh[1] und Hörner styge,
Möcht am heiterblaue See,
Wo der Bach vom Felse schumet,
Uses[2] Dörfli wieder g'seh!

Wieder g'seh die brune Hüsi[3],
Und vor alle Thüre frei
Nachberslüt die fründlich grüße-n-
Und es luschtigs Dorfe hei[4]!

Keine het is[5] lieb hie-uße,
Keini git so fründlich d' Hand,
U ses Chindli will mer lache,
Wie daheim im Schwyzerland.

Uf u fuhrt! u führ mi wieder
Wo's mer jung so wohl isch gsi!
Ha nit Luscht u ha nit Friede,
Bis ig i mym Dörfli bi!"

Herz, mys Herz, i Gottes Name,
's ischt es[6] Lyde', gieb di dry!
Will's der Herr, so cha-n-er helfe,
Daß mer bald im Heimeth sy.

----

[1] Felswände. [2] unfer. [3] Häuschen. [4] „Dorfen" (b. i. abendliches Zusammenkommen der Dorfbewohner) haben. [5] uns. [6] ein.

's Blümeli.

Mundart von Bern.

Han an em Ort e Blümeli g'seh,
E Blümeli roth und wyß,
Selbs Blümeli g'seh-n-i nimmemeh,
Drum thut es mer im Herz so weh.
　O Blümeli mi, o Blümeli mi,
　I möcht gern bi der sy!

O laßt mi bi mim Blümeli sy,
's gibt nummen[1] eis eso!
Es tröpflet wohl e Thräneli dri;
Ach, i mag nimme luschtig sy.
　O Blümeli mi, o Blümeli mi,
　I möcht gern bi der sy!

Un wenn i einisch gestorbe bi,
Und's Blümeli au verblüht,
So thut mer doch mi Blümeli
Zu mir ufs Grab, i bitte-n-i[2]!
　O Blümeli mi, o Blümeli mi,
　I möcht gern bi der sy!

----

[1] nur. [2] bitte euch.

Vreneli.

Mundart von Bern.

I.

„Gute=n= Abe, Vreneli!
Chönnt i nit chly weneli,
Chönnt i nit chly weneli
Zu der yne cho [1]?“

„„Chumm mer nit vor myni Thür
Oll [2] i thu der Riegel für!
Chumm mer nit vor mynes Huus,
Oll i la der Pudel uus!““

„„He, so chumm fry z'Abesitz [3]!
D' Leitere=n= isch a d' Laube g'stützt,
U=n=e nagelsneui Thür,
U=n=es strauigs [4] Riegeli für [5]““.

II.

Es ischt es Meitschi [6] i diesem Zwing [7],
's het alli Nacht drei Chilter [8] in.
Ja wohl! Das sy drei stolzi G'selle;
Hei [9] d's Vreneli nit welle;
　　Versteischt du mi wohl?

---

[1] hereinkommen.　[2] oder.　[3] Abendzusammenkunft.　[4] strohernes, d. i. lockeres.
[5] Die zweite Strophe enthält die zum Schein gegebene, die dritte Strophe die
wirkliche Antwort.　[6] Mädchen.　[7] Bezirk.　[8] Freier.　[9] haben.

Das Meitschi gäb lieber tusig Pfung [1],
Daß Niemer ihm das Liedli sung.
Ja wohl! Me cha-n- ihm's nit verschwyge;
Me spielt ihm's uf der Gyge!
    Versteischt du mi wohl?

---

[1] tausend Pfund.

Mundart aus der Gegend von Solothurn.

Es hätt e Buur e Töchterli,
Mit Name hieß es Bäbeli.
Es hätt zween Zöpfli gelb wie Gold,
Drum iß ihm auch der Dusle hold.

Der Dusle lief dem Vater na:
„O Vater, wollt ihr mer's Bäbeli lah?"
„„Das Bäbeli is noch viel zu klein,
Es muß noch bleiben ein Jahr allein"",

Der Dusle lauft in vollem Zorn
Wohl in die Stadt gen Solothurn,
Er lauft die Gasse ein und us,
Bis daß er kummt vor's Hauptma's Huus,

„O Hauptma, lieber Hauptma mi,
I will mi dingen in Flandern i!"
Der Hauptmann zog den Seckel us,
Gab dem Dusle drei Thaler drus.

Der Dusle lief wohl wieder heim,
Heim zu sim liebe Bäbelein:
„O Bäbeli, liebes Bäbeli mi
Jtz hab' i mi dungen in Flandre i!"

Das Bäbeli geit wohl hinter's Huus
Es grient em schier de Aeugli us.
„O Bäbeli thu doch nit so sehr,
J will ja wieder kommen zu dir.

„Und komm i über's Johr nit heim,
So will i dir schreibe e Briefelein;
Darinnen soll geschrieben stahn:
J will mi Bäbeli nit verlahn.

„Und wenn der Himmel papierig wär'
Und e jeder Stern 'n Schryber wär',
Und jeder Schryber hätt' siebe Händ',
Sie schriebe doch all mi Lieb' kei End."

Mundart von Zofingen im Aargau.

Im Aergäu sind zwee Liebi,
Die hättid enandere gern.

Und der jung Chnab zog zue Chriegi;
Wenn chunnt[1] er wiederum hei?

Uf's Johr im andere Summer,
Wenn b' Stübeli[2] trägid Laub.

Und d's Johr und das wär ume,
Der jung Chnab ischt wiedrum hei.

Er zug dur's Gässeli ufe,
Wo's schön Annu im Fenschterli läg.

„Gott grüeß di, du Hübschi, du Feini!
Von Herze g'fallsch mer du wol.“

„„Was söll i dir denn no g'falle?
Ha scho längscht e andere Ma.

En hübsche=n= und 'ne rychc,
Der mi wohl erhalte cha.““

---

[1] kommt. [2] Stäublein.

Er zug dur's Gässeli abe
Und weinet und truret so sehr.

Do begegnet ihm seini Frau Mueter:
„„Was weinisch und trurisch so sehr?"""

„ Was sött i nid weinen und trure,
I ha jo keis Schätzeli meh!"

„„„Wärisch du deheime bliebe,
So hättisch dys[1] Schätzeli no!"""

[1] dein.

Maenzi und Bethi.

Mundart von Küßnacht.

Nächtig [1] bin i bynem gsy,
's ischt mer äbe grüüsli fry [2];
Mänge [3] meint, es syg my G'spusä [4],
Thätid gäre zsämmen huusä —
Bis am Lanzig [5] chönt's es gä,
Ließ mers sälber nümme nä [6].

Spinne cha's verflummert sin;
Strüllet [7], wie ne Wätterspinn;
's blinzlet näbed Chunkle durä [8],
Und lad's [9] Rätli zwürig [10] schnurä:
Das bedüütet: Mänzi, gang [11]!
Blybscht mer aber wieder z'lang.

's wär fuscht arigs [12], zwar nüd rich;
Ae, das wär mer z'letscht no glich!
's wird wohl d' Wyberarbet chönne,
Und eim au es [13] Freudli gönne
Am 'ne Suntig; 's ischt nüd z'viel,
's Schöppli Moscht bim Chegelspiel.

---

[1] gestern Abend. [2] überaus gewogen. [3] Mancher. [4] Braut. [5] Lenz. [6] nehmen.
[7] eilet. [8] neben dem Rocken durch. [9] läßt's. [10] zweimal. [11] gehe. [12] artig.
[13] ein.

Mängi söpplet: „G'sehschcs gärn,
Luegscht uf's, wie der Rigi-Stärn;
J der Chilä[1] stahscht a b' Thürä,
Daß es grad muß vor der fürä[2].
Eine meint, es wär der z'schlecht —
Am 'ne Suntig g'seht me's[3] rächt!"

Sydem Heuet[4] sinn i dra,
Ha's scho da chly gäre[5] gha.
Ah, dert hani aistig[6] g'lueget,
Und mys Herz, jä, 's häd mer g'woget;
Bi so roth gsy wie nes Füür,
Und nie fründli grad wie hür[7]!

Jnnerli häd näimis g'sait:
Die isch, wo[8] dert z'sämmä trait;
Syder muß i tägli lichte[9],
Myni Augä zunem richte;
Luegi's ächt[10] vergäbe a?
Mutter! 's Bethi mueß i ha!

---

[1] Kirche. [2] vorüber. [3] sieht man's. [4] Heuernte. [5] ein wenig gern.
[6] immer. [7] heuer. [8] welche. [9] einen Abendbesuch machen. [10] etwa.

Bim Meye stecke.

Mundart im Canton Luzern.

Schön stohd der Meye,
Wenn er für Jumpfre grüent,
Wohl schmökt[1] sys Chränzli,
Wemmes[2] verdient.

's meint Mängi[3], wie si aarig[4] seyg
Und d' Buebe für 'ne Narre heig;
Ungsinnet[5] ischt der Summer doh
Und ihre Meye dürr.
  Schön stohd der Meye,
  Wenn er für Jumpfre grüent,
  Wohl schmökt sys Chränzli,
  Wemmes verdient.

Und Mängi zünglet[6] Tag und Nacht,
Und ischt vergäbe-u-uf[7] der Wacht;
Und doch, wo's nid vo Härze gohd,
Wird halt ke Meye gsteckt.
  Schön stohd der Meye,
  Wenn er für Jumpfre grüent,
  Wohl schmökt sys Chränzli,
  Wemmes verdient.

---

[1] riecht. [2] wenn man's. [3] manche. [4] artig (fein, schlau). [5] unerwartet. [6] trägt Verlangen. [7] vergebens auf.

Und Mängi thued se zümpferli,
Und macht es ordligs Jümpferli,
Und wenn sie meint e Meye z'gseeh,
Se-n-isch e Bäfestiel.
    Schön stohd der Meye,
    Wenn er für Jumpfre grüeut,
    Wohl schmökt sys Chränzli,
    Wemmes verdient.

My Meye stohd am rächte Huus,
Mys Holdi luegt zum Pfeischter[1] uus,
Der Aetti winkt is bi der Thür,
's Moscht stöih schoo ufem Tisch.
    Schön stohd der Meye,
    Wenn er für Jumpfre grüeut,
    Wohl schmökt sys Chränzli,
    Wemmes verdient.

Es läb der Aetti und sys Chind,
Und die, wo juuber ledig sind;
Nur ihrer Zucht und ihrer Treu
Händ mir[2] dä Meye gsteckt.
    Schön stohd der Meye,
    Wenn er für Jumpfre grüeut,
    Wohl schmökt sys Chränzli,
    Wemmes verdient.

----

[1] Fenster. [2] haben wir.

Der Simeliberg [1].

Mundart im Guggisberg, bei Schwarzenburg, Canton Bern.

I mynes Bühlis [2] Garte,
            Simeliberg!
      Und d's Vreneli ab em [3] Guggisberg,
      Und d's Simes Hans Joggeli [4] änet [5] dem Berg,
I mynes Bühlis Garte, Da stah zweu Bäumeli.

Das eini treit [6] Muschgate,
Das eini treit Muschgate, Das andri Nägeli.

Muschgate di sy süßi,
Muschgate di sy süßi, U d' Nägeli sy räß [7].

I gab's mym Lieb z' versuche,
I gab's mym Lieb z' versuche, Daß 's myner nit vergeß.

Ha di [8] no nie vergesse,
Ha di no nie vergesse, Ha-n-immer a di denkt [9].

Dört unte-n-i der Tiefi,
Dört unte-n-i der Tiefi, Da steit es [10] Mühlirad.

Das mahlet nüt [11] als Liebi,
Das mahlet nüt als Liebi, Die Nacht und auch den Tag.

Das Mühlirad isch broche,
Das Mühlirad isch broche, Mys Lieb das het e-n-End'.

Volkslied.

[1] Die drei eingerückten Zeilen der ersten Strophe werden in jeder Strophe wiederholt. [2] Geliebten. [3] von dem. [4] Simon's Hans Jaköbchen. [5] jenseits. trägt. [7] herb. [8] habe dich. [9] gedacht. [10] steht ein. [11] nichts.

Mundart von Appenzell.

Z' Apazell ond z' Herisau
Sönd die Mätla wohlfel;
Ma ged[1] e ganzes Hüsli voll
För e Schötzli[2] Polver.

Luschtig, wenn mer lebig sind!
Es wird is[3] scho no chrenka,
Wenn sibni i der Wiega sind
Ond achti uf de Benka.

Hei ufi, hei abi
Dem Schwobaland zue;
Wie tanzid die Maitla,
Wie chlepfid[4] die Schue.

Maitli, bis[5] gschider
Ond tanz mit kem Schnider;
Tanz du mit mir,
I ha Liebe zu dir.

Maitli, thue 's Lädeli zue,
Es chonnt[6] en Franzos,
Hed rothe Spitzhöseli a,
's Voderthal hennadra!

---

[1] gibt. [2] Schüßlein. [3] euch. [4] klappern. [5] sei. [6] kommt.

Treu bi-n-i, treu blib i,
Treu ha-n-i's im Sinn,
Treu blib i minm Schätzeli
Im Ausland ond Inn.

Z' Zita bi-n-i liederli,
Z' Zita bi-n-i guet;
Z' Zita ha-n-i Strömpf ond Schue,
Z' Zita no ken Huet.

's ischt nüd lang, sit's gregelet hed,
Di Tanna tröpflid jo;
I ha-n-emol e Schätzli gha,
I wett[1], i hett es no.

Goh-n-i wit uffi,
So ha-n-i wit he[2],
Goh-n-i dör's Gässeli,
So stechid mi d' Ste;
Goh-n-i dör d' Wes[3],
So netzt mi das Thau,
Ond blib i dehema,
So krieg i ke Frau.

———————

[1] wollte.   [2] heim.   [3] Wiese.

Kuhreihen.

Mundart im Oberhaslithal.

Har, Chuhli, ho, lobe [1]! hie unte, hoch obe!
Tryb use, tryb yne! den Reihen anstimme,
   Bring z'erscht die Dreichelchuh [2]!

Die Brämi [3] und Gyger, die Rämi [4] und Styger,
Die Melche [5], die Galte [6], die Junge, die Alte,
   Tryb o [7] sry wacker zu!

Die Große, die Chleine, die Glyche, die G'meine
   Muscht yne thu!

Ach Schätzeli, häb e-n gute Muth,
Am Frytig wey [8] mer fahre
Es Zyger und Pelznidely [9],
Das chascht denn esse sidely [10]!
A dir will i's nit spare!

---

[1] fromme. [2] Glockenkuh. [3] röthlich, rußig überlaufene Kuh. [4] braune Kuh mit schwarzen Streifen. [5] milchgebende. [6] Kuh, welche keine Milch gibt. [7] auch. [8] wollen. [9] Den Käse und Milchrahm. [10] „leidlich", genug.

Uf'm Bergli.

Uf'm Bergli bin i gesässe,
Ha de Vögle zugeschaut;
Hänt gesunge, hänt gesprunge,
Hänt's Nästli gebaut.

In ä Garte bin i gestande,
Ha de Imbli zugeschaut;
Hänt gebrummet, hänt gesummet,
Hänt Zelli gebaut.

Uf d' Wiesn bin i gange,
Lugt' i Summer-Vögle a;
Hänt gesoge, hänt gefloge,
Gor z' schön hänt's gethan.

Und da kummt nu der Hansel,
Und da zeig' i em froh;
Wie sie 's mache, und mer lache
Und mache's au so.

(Goethe, nach einem Volksliede.)

———

IV.

Elſaß und Lothringen.

Lied der Kinder am ersten Mai.

Mundart von Thann im Oberelsaß.

Maiereesele [1], kehr di dreimol erum,
Loß di b'schaïe [2] 'rum un-n-um;
   So fahre mir vo Maie in die Rose.

Maiereesele, kumm in griene Wald hinein,
Merr wolle-n-alli luschtig sein!
   So fahre mir vo Maie in die Rose.

Wänn iehr uns kä Eier wänn gäh [3],
So mueß der Marder d' Hiehner näh [4].
   So fahre mir vo Maie in die Rose.

Wänn iehr uns kä Wy [5] wänn gäh,
So mueß der Stock kä Trywel meh gäh.
   So fahre mir vo Maie in die Rose.

Maiereesele, kehr die dreimol erum,
Loß di b'schaïe 'rum un-n-um,
   So fahre mir vo Maie in die Rose.

D' Männer drage hoche Hied [6],
Se drage se ihre Wiwre z'lieb.
   So fahre mir vo Maie in die Rose.

---

[1] Maienröschen (ein Kind, welches den mit Blumensträußen und Bändern geschmückten Maien trägt. [2] beschauen. [3] wollt geben. [4] nehmen. [5] Wein. [6] Hüte.

's Männele kah wohl Schiedbele[1] spalde,
's Fraiele kah wohl Kiächele bache[2].
So fahre mir vo Maie in die Rose.

Maiereesele, kehr di dreimol erum,
Loß di b'schaïe 'rum un=u=um!
So fahre mir vo Maie in die Rose.

[1] Holzscheite. [2] Kuchen backen.

Volksliedchen.

Mundart von Mühlhauſen im Oberelſaß.

Un wänn i emol e Jumpfere will,
Se will i o[1] 'ne rächde!
Die ſpinne kah und wewe kah,
Die blätze[2] kah un flächde!
   Heiſaſa!

Un wänn i emol e Jumpfere will,
Se will i o 'ne rächde!
Jehr G'ſichtle ſeig[3] wiä Milch un Bluet,
Jehr Hoor vo gulbige Flächde.
   Heiſaſa!

Mi Brueder iſch e dummer Narr,
Der geht un nimmt e lätze[4],
Von aldem, growem Zwilch, bi Gott!
En alder, grower Fätze!
   Heiſaſa!

---

[1] auch. [2] flicken. [3] ſei. [4] eine falſche.

Volksreime aus Oberelsass.

Mundart von Mühlhausen.

D' Ammerei [1] un 's Lisele
Stehn hinder'm Huus und schwätze lys,
Un müchele [2] un zwisele [3]
Vom Hansjerri un vom Schambediß [4].

Der Hansjerri und der Schambediß,
Diä lose [5], was se schwätze,
Un schliche hin verstohlener Wys —
Was wird's echt [6] jetz absetze?

—————

Annekäbrinle heiß i,
Scheen bin i, das weiß i!
Robi Schiälele [7] drag i,
Hundert Dahler vermag i;
Hundert Dahler isch nidd g'nue,
Noch e scheene junge Knab derzue!

—————

Annele, wo bisch nächde [8] gsi?
„Hinder'm Huus, im Heefle.“
Wer isch awwer bi derr gsi?
„Der im rode Dscheeble [9].“
Was hat er awwer bi derr g'macht?
„Zwiwele jätte nidd allei —
Krut und Speck isch zweierlei!“

—————

— —

[1] Anna Marie. [2] munkeln. [3] flüstern. [4] Hans-Georg und Jean-Baptist.
[5] hören (lauschen). [6] etwa. [7] Schühlein. [8] gestern Abend. [9] Jacke.

Luschtig, wyl merr ledig si,
Luschtig, wyl merr läwe!
Wänn die Drywel[1] zibbig si,
Gehn merr in die Räwe.
Wänn se-n-awer nid zibbig si,
Gehn merr in der Käller
Un drinke Muschgedäller.

—————

Luschtig un geduldig,
Bei alle Wirthe schuldig!
De Stärnewirth bezahl i nidd!
Worum gibb er merr si Dochder nidd?

—————

Dur's Gässele bi-n-i gange,
Dur's Gässele gang i noch,
Scheeni Maidle ha-n-i g'liäwet,
Scheeni Maidle liäw i noch!

—————

Un wäun d'merr in mi Gärdle geesch,
Se wirf i di mit Steine,
Un driff i di, se muäsch de's ha,
En andermol blib d'heime!

—————

[1] Trauben.

Das bucklige Männlein.

Mundart von Straßburg im Elsaß.

Wenn ich in myn Gärbel geh,
Will die Ziwwele [1] jäbbe,
Steht e bucklis Männel do,
Will mi alsfurt [2] drebbe.
    Ei, ei, ei! was fang ich an?
    's buckli Männel mueß i han!

Wenn ich in myn Kichele geh,
Will myn Sibbele koche,
Steht e bucklis Männel do,
Het merr's Häfel [3] gebroche.
    Ei, ei, ei! was fang ich an?
    's buckli Männel mueß i han!

Wenn ich in myn Stiwwel [4] geh,
Will myn Sibbele effe,
Steht e bucklis Männel do,
Het merr's halwer gesse.
    Ei, ei, ei! was fang ich an?
    's buckli Männel mueß i han!

---

[1] Zwiebeln. [2] immerfort. [3] Töpfchen. [4] Stübchen.

Wenn ich an myn Rädel geh,
Will die Fädle ſpinne,
Steht e bucklis Männel do,
Hebt[1] merr's Rädel inne.
    Ei, ei, ei! was fang ich an?
    's buckli Männel mueß i han!

Wenn ich in myn Kämmerle geh,
Will myn Beddel mache,
Steht e bucklis Männel do,
Fangt als[2] an ze lache.
    Ei, ei, ei! was fang ich an?
    's buckli Männel mueß i han!

---

[1] hält. [2] immer, öfters.

Strassburger Volksreime.

I.

Johanniskäferchen.

'S fliejt e fyri's[1] Männel 'rum,
Iwwer Hauj[2] un Hecke,
Het e guldi's Ladernel, drum
Kann si's nidd verstecke.
Fyri's Männel uff 'm Hauj,
Gib mer dien Ladernel au!

— — —

II.

Wellemännle im Mond,
Guck' e bissel erunter!
Guck' in alli Stuewwe 'nien,
Gell[3] es nimmt di Wunder?

Wirf dien Leiterle 'era,
Grattel driwwer 'nunter,
Vorne 'ra, hinte 'ra,
Iwwer alli Stange;
Wenn du mit spiele witt,
Muesch merr's Lißele fange.

____

[1] feuriges. [2] Haag. [3] gelt (nicht wahr?).

III.

z' Nachts wenn i schloic geh,
Vierzeh Engel bi merr stehn:
    Zwei zur Rechte,
    Zwei zur Linke,
    Zwei zue Häupte,
    Zwei zue Fieße,
    Zwei die mich decke,
    Zwei die mich wecke,
    Zwei die merr zaïc
Das himmlischi Barrediß.

Mundart von Strassburg.

I hab e kleins Herzel,
Diß Herzel isch myn,
Un e=n=einziger Bue
Het de Schliffel derzue.

———

Ha gemeint, i ha d' Rewe
Bun Drywel[1] so voll;
's isch e Ryffe[2] driwwer gange,
Un d' Spatze hänn's gholt.

———

Ha gemeint, i hab e Schätzel
So klor als wie Gold,
Es het mi verlosse,
Isch 'me[3] Andere hold!

———

Jehr Sternele am Himmel,
Jehr Drepfle im Bach,
Verzähle[4] mym Schätzel
Myn Weh un myn Ach!

———

Mundart von Strassburg.

Drink i,
  Se hink i;
Drink i nidd, se hink i.
D'rum will i liewer drinke
  Un hinke,
Als hinke un nidd drinke.

———

Lieb hesch mi g'het,
  Diß weiß i;
Lieb hesch mi nimm[1],
  Diß weiß i!
Awwer 's Vergesse, 's Vergesse,
  Diß weiß i no nidd!

———

[1] nicht mehr.

Von der Grenze Lothringens.

Mundart von Saarlouis.

D' gröscht Pläsirn hot mer van de Welt,
Dat mer saan kann, am grine Bam.
Of de Bam senge de Viglen bei Daa ond Naat,
D' Männtcher peife hibsch on rufe: ti-ti-pi-pi,
On d' Weibcher saan: pi-pi-zi-zi.
Se senge luschtig on peife du haut en bas
On weese neischt[1] vam Célibat.
Hie g'sit mer Mamselle met hibsch Mossién,
Berjer, Buwe on Baure d' iw'rall her,
Die plassire sich recht à leur aise,
Trenke en Schoppe Wein oder esse Kees.
Se senge ensemblo hibsch on fein,
Der Heedenschmidt accompagnirt
Met sein Violon, on recevirt met Freed[2]
Van de Leit[3] Geld van allerhand Sort on Couleur.
D' gröscht Pläsirn hat mer van de Welt,
Dat mer saan kann, am grine Bam,
Dat esch wohr, dat esch keen Dram.

---

[1] wissen nichts. [2] Freude. [3] Leuten.

V.

Mundart des badischen Oberlandes.

Mundart des badischen Oberlandes.

Freude in Ehren.

Ue G'sang in Ehre,
Wer will's verwehre?
Singt's Thierli nit in Hurscht[1] und Rascht[2]
Der Engel nit im Sterne-Glascht?
E freie, frohe Muth,
E gsund und fröhlich Blut
Goht über Geld und Gut.

Ne Trunk in Ehre,
Wer will's verwehre?
Trinkt's Blüemli nit si Morgethau?
Trinkt nit der Vogt si Schöppli au?
Und wer am Werchtig[3] schafft,
Dem bringt der Rebesaft
Am Suntig neui Chraft.

Ne Chuß in Ehre,
Wer will's verwehre?
Chüßt's Blüemli nit si Schweschterli,
Und's Sternli chüßt si Nöchberli?
In Ehre, hani[4] g'seit,
Und in der Unschuld G'leit,
Mit Zucht und Sittsemkeit.

---

[1] Strauch. [2] Ast. [3] Werktag. [4] habe ich.

Ne freudig Stündli,
Isch's nit e Fündli?
Iez hemmers[1] und iez simmer do!
Es chunnt[2] e Zit, wird's anderscht goh.
's währt alles churzi Zit,
Der Chilchhof[3] isch nit wit.
Wer weiß, wer bal dört lit?

Wenn d' Glocke schalle,
Wer hilftis[4] alle?
O gebis Gott e sanfte Tod!
E rüeihig Gwisse gebis Gott,
Wenn d' Sunn am Himmel lacht,
Wenn alles blitzt und chracht,
Und in der letschte Nacht!

J. P. Hebel.
(Allemannische Gedichte, 1. Auflage 1803.)

____

[1] haben wir's. [2] kommt. [3] Kirchhof. [4] hilft uns.

Das Herzlein.

Und woni uffem Schniid-Stuhl sitz
Für Basseltang[1] und Liechtspöhn schnitz,
Se chunnt e Herzli wohlgimueth
Und frogt no[2] frei: „Haut's Messer guet?“

Und seit mer frei no Guete Tag!
Und woni lueg und woni sag:
„'s chönnt besser go, und Große Dank!“
Se wird mer's Herz uf eimol chrank.

Und uf und furt enanderno[3],
Und woni lueg, isch's nümme do,
Und woni rüef: „Du Herzli he!“
So gits mer scho kei Antwort meh.

Und sieder[4] schmeckt mer's Esse nit;
Stell numme[5], was de heisch und witt[6];
Und wenn en andre schlose cha,
Se höri alli Stunde schlah.

Und was i schaff, das g'rothet nit,
Und alli Schritt und alli Tritt
Se chunnt mim Sinn das Herzli für,
Und was i schwätz, isch hinterfür[7].

---

[1] Passe le temps. [2] hernach, dann. [3] alsogleich („einandernach“). [4] seitdem. [5] nur. [6] hast und willst. [7] verkehrt.

's isch wohr, es het e Gsichtli gha,
's verluegti si en Engel dra,
Und's seit mit so 'me freie Mueth,
So lieb und süeß: „Haut's Messer guet?"

Und leider hani's g'hört und g'seh,
Und sellemols und nümme meh.
Dört isch's an Hag und Hurscht verbei
Und witers über Stock und Stei.

Wer spöchtet[1] mer mi Herzli us,
Wer zeigt mer siner Muetter Hus?
I lauf no, was i laufe cha,
Wer weiß, se triff' i's doch no a!

I lauf no alli Dörfer us,
I suech und frog von Hus zu Hus,
Und wird mer nit mi Herzli chund,
So würdi ebe nümme g'sund.

Hebel.

-----

1 spähet.

Die Ueberraschung im Garten.

„Wer sprützt mer alli Früeih mi Rosmeri?
Es cha doch nit der Thau vom Himmel sy:
Suscht hätt der Mangold au si Sach,
Er stoht doch au nit unterm Dach.
Wer sprützt mer alli Früeih mi Rosmeri?

„Und wenn i no so früeih ins Gärtli spring
Und unterwegs mi Morgeliedli sing,
Isch näumis[1] g'schafft. Wie stöhn jez reihewis
Die Erbse wieder do am schlanke Ries
In ihrem Bluescht[2]! I chumm nit us dem Ding.

„Was gilts, es sin die Jumpfere usem See!
Me meint zwor, 's chömm, wie lang scho, keini meh.
Suscht sin sie in der Mitternacht,
Wenn niemes meh as d' Sterne wacht,
In d' Felder use g'wandlet usem See.

„Sie hen im Feld, sie hen mit frummer Hand
De[3] brave Lüte g'schafft im Garteland,
Und isch me früeih im Morgeschimmer cho[4],
Und het jez welle an si Arbet go,
Isch alles fertig g'si — und wie charmant!

____

[1] etwas. [2] Blüte. [3] den. [4] gekommen.

„Du Schalk dört hinte, meinsch, i seh di nit?
Jo duck die numme nieder, wie de witt!
I ha mers vorgstellt, du würsch's sy.
Was falle der für Jeschten[1] i? —
O lueg, vertritt mer mini Setzlig[2] nit!"

„„O Kätterli, de hesch's nit solle seh!
Jo, dine Blueme hani z'trinke ge,
Und wenn de wotsch[3], i ging für di dur's Füür
Und um mi Lebe wär mer di's[4] nit z'thüür,
Und's isch mer, o gar sölli[5] wohl und weh!"""

So het zum Kätterli der Friedli g'seit,
Er het e schweri Lieb im Herze treit[6]
Und hets nit könne sage juscht,
Und es het au in siner Bruscht
E schüüchi zarti Lieb zum Friedli treit.

„Lueg, Friedli, mini schöne Blüemli a,
's sin nummen alli schöne Farbe dra;
Lueg, wie eis gegenem andre lacht,
In siner holde Früehligs-Tracht,
Und do sitzt scho ne flißig Immli dra." —

„„Was helfe mer die Blüemli blau und wiiß?
O Kätterli, was hilft mer's Immli's Fliß?
Wärsch du mer hold, i wär im tiefschte Schacht,
I wär mit dir, wo au kei Blüemli lacht
Und wo kei Immli summst, im Paradies.""

Und d'rüber hebt si d' Sunne still in d' Höh,
Und luegt in d' Welt und seit: „Was mueß i seh
In aller Frücih?" — Der Friedli schlingt si Arm
Ums Kätterli, und's wird em wohl und warm.
Druf het em's Kätterli e Schmützli ge.

Hebel.

---

[1] Dinge (Gesten). [2] Setzlinge. [3] wolltest. [4] deines. [5] sehr. [6] getragen.

Wächterruf.

Loset[1], was i euch will sage!
D' Glocke hat Zehni gschlage.
  Jez betet und jez göhnt ins Bett,
  Und wer e rüeihig G'wisse het,
  Schlof sanft und wohl! Im Himmel wacht
  E heiter Aug die ganzi Nacht.

Loset, was i euch will sage!
D' Glocke het Delfi gschlage.
  Und wer no an der Arbet schwitzt,
  Und wer no by de Charte sitzt,
  Dem bieti iez zum letschtemol, —
  's isch hochi Zit — und schlofet wohl!

Loset, was i euch will sage!
D' Glocke het Zwölfi gschlage.
  Un wo no in der Mitterrnacht
  E Gmüeth in Schmerz un Chummer wacht,
  Se geb der Gott e rüeihige Stund,
  Und mach di wieder froh und gsund!

---

[1] horchet, „lauschet".

Loset, was i euch will sage!
D' Glocke het Ei s gschlage.
  Und wo mit Satans G'heiß und Roth
  E Dieb uf dunkle Pfade goht,
    — I wills nit hoffen, aber gschieht's —
  Gang [1] heim! Der himmlisch Richter sieht's.

Loset, was i euch will sage!
D' Glocke het Zwei gschlage.
  Und wem scho wieder, ebs [2] no tagt,
  Die schweri Sorg am Herze nagt, .
  Du arme Tropf, di [3] Schlof isch hi!
  Gott sorgt! Er wär nit nöthig gsi.

Loset, was i euch will sage!
D' Glocke het Drü gschlage.
  Die Morgestund am Himmel schwebt,
  Und wer im Fried' der [4] Tag erlebt,
  Dank Gott, und saß e frohe Mueth,
  Und gang ans G'schäft, und — halt die guet!

Hebel.

1 gehe. 2 ehe es. 3 dein. 4 den.

Der Schreinergesell.

Mi Hamberch [1] hätti g'lert, so so, la la,
Doch stoht mer's Trinke gar viel besser a,
As 's Schaffe, sell bikenni frei und frank;
Der Rucke bricht mer schier am Hobelbank.

Drum het mer d' Muetter mengmol profezeit:
„Du chunnsch [2] ke Meischter über wit und breit!“
Z'letscht hani's selber glaubt und denkt: Isch's so,
Wie wirds mer echterscht [3] in der Frembi go?

Wie isch's mer gange? Numme [4] z' guet! J ha
In wenig Wuche siebe Meischter g'ha.
O Müetterli, wie falsch hesch profezeit!
J chömm kei Meischter über, hesch mer gseit.

Hebel.

---

[1] Handwerk. [2] bekommst. [3] etwa. [4] nur.

Das Spinnlein.

Nei, lueget doch das Spinnli a,
Wie's zarti Fäde zwirne cha!
Bas Gvatter, meinsch, chasch's au ne so?
De wirsch mers, trau i, blibe lo.
Es machts so subtil und so nett,
I wott nit, aßi's z' hasple hätt.

Wo het's die fini Rischte g'no,
By wellem Meischter hechle lo?
Meinsch, wemme's wüscht, wohl mengi Frau,
Sie wär so g'scheit, und holti au!
Jez lueg mer, wie's si Füeßli setzt
Und d' Ermel streift und d' Finger netzt.

Es zieht e lange Faden us,
Es spinnt e Bruck ans Nochbers Hus,
Es baut e Landstroß in der Luft,
Morn hangt sie scho voll Morgeduft;
Es baut e Fueßweg nebe dra,
's isch; aß es ehne dure cha [1],

Es spinnt und wandlet uf und ab,
Potz-tausig, im Galopp und Trab!
Jez gohts ring um — was hesch, was gisch?
Siehsch, wie ne Ringli worden isch!
Jez schießt es zarti Fäden i;
Wirds öbbe solle gwobe sy?

---

[1] jenseits hinüber kann.

Es isch verstuunt, es haltet still,
Es weiß nit recht, wo's ane [1] will.
's goht weger [2] z'ruck, i sich's em a,
's mueß näumis [3] rechts vergesse ha.
Zwor denkt es, sell pressirt jo nit,
I halt mi nummen uf dermit.

Es spinnt und webt und het kei Rascht,
So gliichlig, me verluegt si fascht,
Und's Pfarrers Christoph het no gseit,
's seig jede Fade z'semme gleit;
Es mueß ein gueti Auge ha,
Wers zehlen und erchenne cha.

Jez putzt es sine Händli ab,
Es stoht und haut der Faden ab.
Jez sitzt es in si Sommerhus
Und luegt die lange Stroßen us.
Es seit: „Me baut si halber z'todt,
Doch freuts ein au, wenn 's Hüsli stoht.“

In freie Lüfte wogt und schwankts,
Und an der liebe Sunne hangts;
Sie schient em frei dur d' Beinli dur,
Und's isch em wohl. Ju Feld und Flur
Sieht's Mückli tanze jung und feiß;
's denkt by nem selber: „Hätti eis!“

O Thierli, wie hesch mi verzückt!
Wie bisch so chlei und doch so gschickt!
Wer het die au die Sache glehrt?
Denkwol der, wonis alli nährt,
Mit milde Händen alle git —
Bis z'frieden! — Er vergißt di nit.

---

[1] hin. [2] wahrlich, besser. [3] etwas.

Do chunnt e Fliege, nei wie dumm!
Sie rennt em schier gar's Hüsli um.
Sie schreit und winslet Weh und Ach!
Du arme Chetzer hesch di Sach!
Hesch keini Auge by der g'ha?
Was göhn di üsi Sachen a?

Lueg', 's Spinnli merkt's enanderno[1],
Es zuckt und springt und het sie scho.
Es denkt: „I ha viel Arbet g'ha,
Jez mueßi an ne Brotis ha!"
I sags jo, der wo alle git,
Wenn's Zit isch, er vergißt ein nit.

Hebel.

[1] sogleich.

Der zufriedene Landmann.

Denkwol, jez leugi au in Sack,
Und trink e Pfisli Rauchtuback,
Und fahr jez heim mit Eg und Pflueg,
Der Laubi meint scho lang, 's seig gnueg.

Und wenn der Kaiser usem Roth
In Feld und Forscht uf's Jage goht,
Se lengt er denkwol au in Sack
Und trinkt e Pfisli Rauchtubak.

Doch trinkt er wenig Freud und Luscht,
Es isch em näume[1] gar nit juscht;
Die goldne Chrone drucke schwer,
's isch nit, as wenns e Schie=Huet[2] wär.

Wohl goht em menge[3] Batzen i,
Doch will au menge gfuttert sy;
Und woner los't isch Bitt und Bitt,
Und alli tröschte chaner nit.

Und wenn er hilft und sorgt und wacht
Vom früeihe Morge bis in d' Nacht
Und meint, jez heig er alles tho,
Se het er erscht ke Dank dervo.

---

[1] irgendwo.   [2] Strohhut.   [3] mancher.

Und wenn, vom Treffe bluetig roth,
Der Jenneral im Lager stoht,
Se lengt er endli au in Sack
Und trinkt e Pfifli Rauchtubak.

Doch schmeckt's em nit im wilde Gwühl,
Bi'm Ach und Weh und Saitespiel;
Er het thurnieret um und um,
Und niemes will en lobe drum.

Und Füürio und Mordio
Und schweri Wetter ziehnem no;
Do lit der Granedier im Bluet
Und dört e Dorf in Rauch und Gluet.

Und wenn in d' Meß mit Guet und Geld
Der Chaufher reis't im wite Feld,
Se lengt er eben au in Sack
Und holt si Pfifli Rauchtubak.

Doch schmeckt's der nit, du arme Ma!
Me sieht der dini Sorgen a,
Und 's Ei mol Eis, es isch e Gruus,
Es luegt der zu den Augen us.

De treisch[1] so schwer, es thuet der weh;
Doch hesch nit gnueg und möchtsch no meh,
Und weisch jo nit, woane mit[2], —
Drum schmeckt der au di Pfifli nit.

Mir schmeckt's, Gottlob, und 's isch mer gsund.
Der Weize lit im füechte Grund,
Und mittem Thau im Morgeroth
Und mit si'm Othem segnet's Gott.

----

[1] trägst. [2] wohin damit.

Und's Anne Meili, flink und froh,
Es wartet mit der Suppe scho,
Und d' Chinderli am chleine Tisch,
Me weiß nit, welles 's fürnehmscht isch.

Drum schmeckt mer au mi Pfisli wohl.
Denkwol, i füll mers no ue mol!
Zum frohe Sinn, zum freie Mueth,
Und heimetzu schmeckt alles guet.

Hebel.

Auf einem Grabe.

Schlof wohl, schlof wohl im chüele Bett!
De liegsch zwor hert uf Sand und Chies;
Doch spürts di müede Rucke nit.
   Schlof sanft und wohl!

Und 's Deckbett liit der, dick und schwer
In d' Höchi gschüttlet, uffem Herz;
Doch schlofsch im Friede 's druckt di nit, —
   Schlof sanft und wohl!

De schlofsch und hörsch mi Bhüet di Gott,
De hörsch mi sehnli Chlage nit.
Wär's besser, wenn de 's höre chönntsch?
   Nei, weger[1] nei!

O 's isch der wohl, es isch der wohl!
Und wenni numme[2] by der wär,
Se wär' scho alles recht und guet;
   Mer tolten is[3].

De schlofsch und achtisch's Unrueih[4] nit
Im Chilchethurn die langi Nacht,
Und wenn der Wächter Zwölfi rüeft
   Im stille Dorf.

---

[1] wahrlich. [2] nur. [3] wir buldeten (vertrügen) uns. [4] die Unruhe (Ticktack) der Uhr.

Und wenns am schwarze Himmel blitzt
Und Gwülch an Gwülch im Donner chracht,
Se fahrt der 's Wetter übers Grab
   Und weckt di nit.

Und was di früeih im Morgeroth
Bis spot in d' Mitternacht b'chümmeret het.
Gottlob, es sicht di nümmen[1] a
   Im stille Grab.

Es isch der wohl, o 's isch der wohl!
Und alles, was de g'litte hesch,
Gott Lob und Dank, im chüele Grund
   Thuet's nümme weh.

Drum, wenni nümme by der wär',
So wär jo alles recht und guet.
Jez sitzi do und weiß kei Trosch
   Mi 'm tiefe Schmerz.

Doch öbbe[2] bald, wenns Gottswill isch,
Se chunnt mi Samstig z' Oben[3] an,
Und druf, se grabt der Nochber Chlaus
   Mir au ne Bett.

Und wenni lig und nümme schnuf,
Und wenn sie's Schloflied gsunge hen,
So schüttle sie mer's Deckbett uf,
   Und — Bhüet di Gott!

I schlof derno so sanft wie du,
Und hör im Chilchthurn 's Unrueih nit.
Mer schlofe, bis am Sunntig früeih
   Der Morge thaut.

---

[1] nicht mehr. [2] etwa. [3] zu Abend.

Und wenn emol der Sunntig tagt,
Und d' Engel singe's Morgelied,
Se stöhn mer mit enander uf,
  Erquickt und gsund.

Und's stoht e neui Childe do,
Sie funklet hell im Morgeroth;
Mer göhn, und singen am Altar
  Halleluja!

Hebel.

VI.

Pfälzer Mundart.

's Lob vun Binge[1].

Die herrlichscht' Gegend am ganze' Rhei'[2]
Deß is die Gegend vun Binge';
Es wachst der allerbeschte Wei',
Der Scharlach wachst bei Binge'!

Die gschickt'schte Schiffleut die mer find't,
Deß sin die Schiffer vun Binge',
Un' sicht mer in Meenz e' hübsches Kind,
Wo is es her? — Vun Binge'!

Kê' Loch is uf der ganze' Welt
So berühmt wie deß vun Binge';
Kê' Thorn so keck in's Wasser g'stellt,
Wie der im Rhei' bei Binge'.

Die Mäus' vum Bischof Hatto, sich!
Sin g'schwumme' bis noch Binge';
Kê' G'schicht' war je so ferchterlich,
Wie selli dort bei Binge'.

Un' die heilig' Hildegard, die war
Halt aach drheem in Binge'
Un' war Aebtissin dort sogar,
Deß Alles war in Binge'.

---

[1] Bingen. [2] In „Rhei'", „mei", „drä", „kê", „thu" (Rhein, mein, daran, kein, thun) u. s. w. wird der Vocal mit Nasenton gesprochen und das n kaum gehört.

Es is e' wahri Herrlichkeit
Deß liebe kleene Binge',
Mei' Vater und Mutter un' all' mei' Leut'
Ja mir sin all' vun Binge'!

Franz von Kobell.

(Gedichte in Pfälzischer Mundart.
5. Auflage, München 1862.)

's helft nir.

Es geht e' kleê' Mädche' um de' Tisch,
Schenkt de' Wein ei';
Gott's Blitz, deß Mädche hot viel zu thu',
Die muß flink sei'!

Un' Eener der trinkt in eem fort aus,
's will 'm schmecke',
Es is, als thät e' dorschticher Schwamm
In 'm stecke'.

Do sicht halt der Werth als[1] leer sei' Glas:
„Allons Fränsche!
Was is 's dann, was schenkscht de' dem Herrn nit ei,
Du kleê Gänsche?

„So geb mer doch Acht, mir hocke' jo nit
Um e' Sparbix“ —
„„Ja Vatter gewiß, ich schenk 'm als ei',
Aber 's helft nix!““

Franz von Kobell.

[1] öfters.

Der Mensch.

Der Mensch is wie e' Humpe' Wein,
Betracht's emol so recht,
Der Humpe' is oft schö' un' gut,
Was drinn is aber schlecht;
Der Humpe' is oft reich bekränzt,
Doch drinn im Wei' kê' Blum,
Un' Alles, was emm'[1] g'falle' thät
Nor ausewendig 'rum.

's is aber aach oft umgekehrt,
Der Humpe' sicht nix gleich,
Drinn aber blinkt's wie flüssig' Gold
An Herrlichkeite' reich;
Oft fehlt's an Form un' an Façon
Un' meenscht 's wär gar nix brä',
Drinn aber is for[2] Lieb' un' Luscht
E' Himmel uffgethä'.

Un' doch is deß Exempl nix,
Dann Een's is ganz gewiß,
Daß mehr e' großer Humpe' faßt,
Als wann's e kleener is;
's git aber Leut' wie die Kameel',
Sie könnte' nit größer sei',
Un' trichterscht brä' aach wie de willscht,
Du bringscht halt doch nix 'nei'.

---

[1] Einem. [2] für.

Un' widder manche Ann're git's,
Die gar kê' Riese' sin',
Un' sprubble' doch vun Scherz un' Witz,
Als wär' e Faß voll drinn.
Sich! so cê', wann ich zaubre' könnt',
Deß müßte' mei' Humpe' sei';
Wie viele Liedcher thät ich do
Mir hole' aus ihr'm Wei'.

Franz von Kobell.

Als[1] noch 'n Schoppe'!

O Wein du bischt e' lieber Freund,
Dei' Sunn' wann in mei' Gläsche scheint,
So soll's drauß wettre', wies nor mag,
Mir is, als wär der schönschte Tag.
　　Als noch 'n Schoppe'!

's laaft in der Welt so mancher 'rum,
Der sicht nix grad, sicht Alles krumm,
O Freund, so eener kennt dich nit,
Snnscht stünd's wohl nit so schlimm d'rmit.
　　Als noch 'n Schoppe'!

Uf dich mei Schatz verloß ich mich,
Un' will der Griesgram rühre sich,
Du weescht mer gschwind 'n Rooth drvor[2]
Un bischperscht[3] mer vertraut ins Ohr:
　　„Als noch 'n Schoppe'!"

Die Lieb' is gar e' korz Gedicht
Un' 's Lebe' is e langi Gschicht;
Du helfscht zu alle zwee getreu
Un' bischt deß Beschte oft drbei.
　　Als noch 'n Schoppe'!

----

[1] immer. [2] Rath dafür. [3] flüsterst.

Wann ich e' Weltverbessrer wär',
Mit dir verbunne' wär's nit schwer,
Zu Aller Wohl dictirt' ich dann:
Kund un' zu wisse' Jedermann:
  „Als noch 'n Schoppe'!"

Franz von Kobell.

Der Lump.

's is wohr was der un' der so sächt,
Ja ja ich bin e' Lump,
Ich mag nix thu' un' thu' aach nix
Un' sauf' un' spiel' un' pump'.

Als kleener Bu' war's Werthshaus schun
Mei' liebschter Aufenthalt,
Un' wann ich een' beschummle'[1] kann,
No'! so beschumml' ich halt.

Un' Händl habe' un' Krawall
Deß geht mer All'm vor,
Drum wann mich eener heeft 'n Lump,
Recht hot er, es is wohr.

Jetz' aber kummt e' annri Froch,
Die hab' ich mer oft g'stellt:
Wann's gar kê' Männer gäb' wie ich,
Wie wär's dann uff der Welt?!

Wann die Moral e' Uneform
For alle Mensche' wär',
Wo käm' dann e' Begeischterung
For Tugendhelde' her?

---

[1] übervortheilen.

Die wäre' ganz zu Grund' gericht'
Mit all' dem Eenerlei,
Un' Strebe', Ringe', Nocheifrung,
Deß Alles wär' vorbei.

E' Kerchethorn zeigt a' die Kerch,
Un' so 'was kann er bloß
Sich! weil die Häuser kleener sin,
Mit dem nor is er groß.

Un' wo Licht is muß Schatte' sei',
Un' 's is gewiß kê Lug',
Der wo dem Schatte' weiht sei' Kraft,
Hot drä' zu thu' genug.

Drum will ich bleibe' aach e' Lump,
Bis ich im Loch drinn liech',
Dann 's geschicht der Tugend nor zur Ehr',
Un' for die opfr' ich mich.

Franz von Kobell.

Vun der Natur.

O Reichthum der Natur! —
Jo wart' eweil, 's is nit viel drä',
Guck nor deß Ding genauer ä',
Es is mit all' dem viele' Glanz
Doch alsfort nor der alte Tanz.
Geb Acht, e' Persching [1] blüht als roth
Und geel e' Butterblum,
E' Elephant wiegt nie e' Loth,
E' Esel is halt dumm;
Die Sunn' geht noch de' alte' Gang,
Grad wie vor hunnert Johr,
Der Taach is als im Summer lang,
De' Vöchl wachst kê' Hohr;
E' Lerch' singt noch des nämlich Lied,
Als wie zu Adams Zeit
Un' singt's noch ohne Unnerschied
Wie dort vor Vieh und Leut.
Und do d'rum macht mer so a G'schrei
Un' ruft: Wie reich, wie schee'!
Wär' nit e' Schelmerei derbei,
Es thät bal anners gêh'.
Weescht aber Freund, wie schlau sie's macht
Die goldich schee' Natur,
Sie zählt, wie lang mer se betracht'

---

[1] Pfirsich.

Genau noch ihrer Uhr;
Un' meent se, Eener hätt' genuch
In ihren Kram geguckt,
So muß er fort un' werrn 'm gschwind
Die Aage' zugedruckt.
So halt' se sich de' Buckl frei
In ihr 'm Hoffahrtsdunscht;
Do bleibt mer freilich ewig neu —
Deß i e' rechti Kunscht! —

Franz van Hebell.

E' Froch[1].

E' Jäger hot Schnaps getrunke',
Do drüber schloft er ei';
Do macht sich fort sei' Hündche'
Un' laaft in de' Wald 'enei'.
Un' jagt als wie besesse'
En Hersch uf e' Chaussée,
Do kummt e' Wage' gfahre',
Die Gäul' werrn scheu, o weh!
Sie schmeise' um den Wage',
Inscht an e' große' Stee',
E' reicher Herr der drinn war,
Der brecht sich Hals un' Bee'.
Der Kutscher, e' armer Teufl,
Der schlagt e' Loch in die Erd',
Un' fallt do in en' Keller,
Der Fall war ebbes werth;
Dann ihm is nix geschehe',
Als daß er findt 'n Schatz,
Der war wie lang vergrabe'
Inscht an demselle Platz. —
  Hätt' jetz der Jäger nit Schnaps getrunke',
  So hätt er aach nit so schlofe müsse',
  So wär' 'm der Hund nit dervū' gelosse',
  So wär' aach der Hersch im Wald gebliebe',

---

[1] Eine Frage.

So hätt'n die Gäul nit verschrecke' könne',
So hätt' der Wage' nit umgeschmisse',
So hätt' ke' Reicher de' Hals gebroche',
So wär' ke Armer nit reich geworde'. —
Bedenkt mer jetz' e solchi G'schicht',
Wie's noch gar viele gi't,
So weeß mer kaam, was besser is,
Schnaps trinke' oder nit.

Franz von Kobell.

's Meer.

Wann d'am 'e Bach stehscht, an 're Quell
Un' Alles ringsrum still,
Geb' Acht, do fange' se 's Plaudre' å',
Was eens halt sage will;
Und die Quell verzählt un' der Bach verzählt,
Un' die Ufer die höre' zu.
Dann die Wässer die kumme' gar weit' rum
Un' habe' selte' 'n Ruh.

Un' der Fluß un' der Strom machts aach e so,
Die wisse' natürlich gar viel,
Die kenne' die Städt aus 'm Fundament
Un' kenne' 's Mensche'gewühl.
Un' sie reese', deß weeß' mer, all' ins Meer,
Warum? deß weeß' ich nit,
's kann sei' 's is dort ihr großer Mark' [1],
Wo's Gschäfte zu mache' git.

Un' 's is aach grad als wann's so wär,
Un' weil halt's Meer so groß,
Gits oft e' Verwerrung un' is halt do
Alle Aage'blick' was los.
Dann 's kumme Fremde aus jedm Land,
Die versteh'n sich oft nit,
Un' natürlich schwimmt die kreuz un' queer
Die Politik aach mit:

---

[1] Markt.

Do kummt der Rhei', der is gut deutsch
Un' die Thems', die englisch gsinnt,
Un' die Sein' ganz trüb un' thut doch dick
Mit lauter Pariser-Wind.
Jetz' stoße' se sich halt im Gedräng'
Un' soddre' ennanner 'raus,
Do gits nocher Händ'l un' werd am End'
E' Höll-Spetakl d'raus.

Do is e' Gebrüll un' is e' Crawall,
Mer hörts viel Stunde' weit,
Un' bsunners die drei, die sin gar stolz
Un' habe' gar gschwind 'n Streit.
Un' mischt wer sich 'nei', so is es rischquirt,
Do kumme' die Schiffbrüch' her,
Un' es sage nor Leut', dies nit versteh'n,
Daß e Stormwind schuld drä' wär'.

Gehts aber aach friedlich un' ruhich zu,
So hört mer doch als e' Gebraus,
Un' mer hört gar oft in stiller Nacht
Bekannte Stimme' 'raus;
Deß is die Quell un' is der Bach,
Die mer sunscht emol hot ghört,
E' Landsmann, ach du lieber Gott,
Der vielleicht heem begehrt.

Der vielleicht denkt, wie war's doch dort
So schö' in Flur un' Wald
Un' dem's jetz' bangt in dem Gewühl
Un' dem's jetz' nimmer g'fallt. —
Wer je am Meer' hot g'horcht, der weß's,
Un' wann emm' so 'was g'schicht,
So kann's jo gar kè' Wunner sei',
Sich! wann mer's Heemweh kriecht.

Franz von Kobell.

Vogelnamen.

(Bruchstück eines Gedichtes, in welchem ein Tiroler, Pfälzer, Schwabe und
Schweizer eine Wette eingehen.)

— „Wer kann vnnn drai Vöchel d' Name
Am geschwindste saache z'samme?
Der soll d' Wett' gewunne hûn
Un derf ohne Zech' dervûn!"

Der Tyroler steht vnm Polster
Glaich uf unn kraischt: „Stor, Rob, Olster[1]!"
Un mir Annere schraie z'mol,
Daß der's net gewinne soll.

Wie sie schnn hend ângefauge,
Nocher bin ich hergegauge
Unn hebb glaich gesecht berno,
Sech ich: „Hinkel, Daibche, Po[2]!"

Jetz, aß wär die Zung em schwer,
Bebbert aach der Schwob doher
Unn kraischt: „Zaisle, Maisle, Fenk[3]!"
Ich habb gemänt, ich krich die Kränk'.

Unn der Letzt', der Schweizerzappe
Worgst[4] wie amne Appelkrappe[5],
Unn mächt ä Gesicht derzu,
Unn kraischt: „Dula, Chraia, Chue[6]!"

---

[1] Staar, Rabe, Elster. [2] Hühnchen, Täubchen, Pfau. [3] Zeisig, Meise,
Fink. [4] Würgt. [5] Apfeltrappen. [6] Dohle, Krähe, Kuh.

VII.

Schwäbische Mundart.

Jetz gang i an's Brünnele.

Jetz gang i an's Brünnele, trink' aber net,
Do such i mein herztausiga Schatz, find'n aber net.

Do laß i mein Aeugele rund um mi gehn,
Do sehn i mein herztausiga Schatz bei me Andre stehn.

Und bei me Andre stehe sehn, ach das thut weh!
Jetz b'hüt die Gott, herztausiger Schatz, di sehn' i nimme meh!

Jetz kauf i mer Feder und Dinten und Papier,
Und schreib mein' ¹ herztausiga Schatz ein Abschiedsbrief.

Jetz leg i mi nieder auf Heu und auf Stroh,
Do falle drei Rösele mir in den Schoß.

Und diese drei Rösele sen roseroth;
Jetz weiß i net, lebt mei Schatz oder ischt er todt?

Volkslied.

(In anderer Form in: Des Knaben
Wunderhorn, I, 191.)

------

¹ Die mit ˇ versehenen Vocale werden mit Nasenton ausgesprochen.

Muss i denn, muss i denn zum Städtele naus.

Muß i denn, muß i denn zum Städtele naus
Und du, mei Schatz, bleibscht hier?
Wenn i komm, wenn i komm, wenn i wiederum komm,
Kehr' i ein, mei Schatz, bei dir.
Kann i glei net allwill bei der sein,
Han i doch mei Freud an dir!
Wenn i komm, wenn i komm, wenn i wiederum komm,
Kehr' i ein, mei Schatz, bei dir.

Wie du weinscht, wie du weinscht, daß i wandere muß,
Wie wenn d' Lieb jetz wär vorbei;
Send au' draus, send au' draus der Mädle viel,
Lieber Schatz, i bleib dir treu!
Denk du net, wenn i en Andere seh,
So sei mein' Lieb vorbei;
Send au' draus, send au' draus der Mädle viel,
Lieber Schatz, i bleib dir treu!

Ueber's Jahr, über's Jahr, wenn me Träuble schneid't,
Stell i hier mi wiederum ein;
Bin i dann, bin i dann bei Schätzle noch,
So soll die Hochzeit sein.
Ueber's Jahr, da ischt mein Zeit vorbei,
Da g'hör i mein und dein;
Bin i dann, bin i dann bei Schätzle noch,
So soll die Hochzeit sein.

Volkslied.

Wo e kloi's Hüttle stoht.

Wo e kloi's Hüttle stoht, ischt e kloi's Gütle,
Wo e kloi's Hüttle stoht, ischt e kloi's Gut;
Wo so viel Bube send, Mädle send, Bube send,
Do ischt's halt liebli, do ischt's halt gut.

Liebli ischt's überall, liebli auf Erden,
Liebli ischt's überall, luschtig im Mai.
Wenn es nur mögli wär, z' mache wär, mögli wär',
Mei müscht du werre, mei müscht du sei.

Wann zu mei'm Schätzle kommischt, thu mer's schön grüße,
Wann zu mei'm Schätzle kommscht, sag' em viel Grüß'!
Wenn es fragt: wie es goht? wie es stoht? wie es goht?
Sag: uf zwee Füße, sag: uf zwee Füß'.

Und wenn es freundli ischt, sag i sei g'storbe,
Und wenn es lache thuat, sag i hätt g'freit;
Wenn's aber weine thuat, greine thuat, weine thuat,
Sag: i komm' morge, sag: i komm' heut.

Mädle trau net so wol, du bischt betroge,
Mädle trau net so wol, du bischt in G'fohr!
Daß i di gar net mag, nemme mag, gar net mag,
Sell ischt verloge, sell ischt net wohr.

Volkslied.

Mei Mueder mag mi net.

Mei Mueder mag mi net
Und koi Schatz hab i net,
Ei worum sterb i net!
   Was thu=n=i da?

Geschtern isch Kirwe g'weh,
Mi hat mer g'wiß nit g'seh,
Denn mir isch gar so weh,
   I tanz jo net.

Laßt die drei Rösle steh'n,
Die an dem Kreuzle blühn!
Hent ihr das Mädle kennt,
   Das drunter leit?

Volkslied.

Zum Sterben bin ich.

Zum Sterben bin ich
Verliebet in dich,
  Dain schwarzbranne Aeugelein
Verführen ja mich.

Bischt hier ob'r bischt dort
Oder sonscht an ai'm Ort,
  Wollt' wunsche, könnt' rede,
Mit dir ai' Paar Wort'.

Main Herz ischt verwund't,
Komm, Schatzerl, mach mi g'sund!
  Ach 'rlaub mir zu küsse
Dain'n purpurroth'n Mund!

Dain purpurroth'r Mund
Macht Herze gesund,
  Macht Todte lebendig,
Macht Kranke gesund.

Der d's Liedel hat g'macht,
Hat's Lieben erdacht;
  D'rum wunsch ich main feins Liebchen
Viel tausend gute Nacht!

Volkslied.

Drunten im Unterland.

Drunten im Unterland
Da ischt's halt fein.
Schlehen im Oberland,
Trauben im Unterland,
Drunten im Unterland
Möcht' i wohl sein.

Drunten im Neckarthal
Da ischt's halt gut.
Ischt mer's da oben 'rum
Manchmal au no so dumm,
Han i doch alleweil
Drunten gut's Blut.

Kalt ischt's im Oberland,
Unten ischt's warm.
Oben sind d' Leut so reich,
D' Herzen sind gar net weich,
B'schaut mi net freundlich an,
Werdet net warm.

Aber da unten 'rum
Da sind d' Leut arm.
Aber so froh und frei
Und in der Lieb' so treu,
Drum sind im Unterland
D' Herzen so warm.

Volkslied

Die Würzburger Glöckli.

Un die Würzburger Glöckli
Hab'n schönes Geläut,
Un die Würzburger Maidli
Sein kreuzbrave Leut.

Un d' Kirsche sind zitig,
D' Kirsche sind gut,
Und wenn's Mädle vorbeigoht,
So lupft¹ mer's de Hut.

Dort drunte=n=im Thäle
Gohts Bächle so trüb,
Und i ka der's net hehle, =n=i
Hau de so lieb.

Wenn i wisperl, wenn i schrei
Un du hörst me net glei,
Un so muß i verstehn,
Daß i weiter soll gehn.

Un wenn i der's zehnmal sag,
Daß i de lieb',
Un du geist² mer koin Antwort,
So wird mer's ganz trüb.

---

¹ lüftet, hebt. ² gibst.

Und a bissela Lieb
Und a bissela Treu
Und a bissela Falschheit
Ischt allweil dabei.

Und vor d' Zeit daß d' mi g'liebt hast
Da dank i dir schön,
Und i wünsch, daß dir's allizeit
Besser mag gehn.

Volkslied.

Mundart von Essingen bei Aalen (Jartkreis).

Aufm Bergele bin ih gjessa,
Haun a Rüetla g'schnitta,
Und dau hat ma mein'm Schäzele
Zua d'r Täufe glita [1].

Druimaul um d' Scheuterbeng [2],
Druimaul um's Hous,
Drui braune Nägela [3]
Gient [4] auh 'n Strouß.

Sell dunta [5] am Zau
Dau graset mei Vrau;
Ei laß'n nu grasa,
'r wurd schoa aweg gau.

D' Vögela singet ällaweil:
Weibele, wo bischt?
Doußa-n-im [6] greana Wald
Haun [7] ih mei Nescht.

---

[1] geläutet. [2] Scheiterhaufen. [3] Flieder (Syringa). [4] geben. [5] dort unten.
[6] draußen im. [7] habe.

Wie's oft kommt.

Es jaget[1] zwoi Jäger
Im Dannewald drin,
Koi'm aber von boide
Steckt 's Jage=n im Sinn.

Weit weg in Gedanke
Ischt Jeder vom Trieb,
De=n oine druckt's 's Gwisse,
De=n andre plogt d' Lieb. —

Es standet[2] zwoi Mädle
Am Bronne bei'nand,
Voll sind ihre Gölte
Schö' lang bis zum Rand.

Weit weg in Gedanke
Sind wol älle boid,
Die Oi' redt von Lieb und
Die Ander von Loid.

A. Grimminger.

(Mei Derhoim. Gedichte in schwäbischer
Mundart. Zweite Aufl., Stuttgart, 1872.)

---

[1] Es jagen. [2] es stehen.

Zwoi Deng.

Em Oberland gibt's Wasser,
Em Onderland gibt's Wei',
Ond wo der Bue sei Schätzle hot,
Mag er am gernschde sei'.

Ond hot der Bue koi Schätzle,
Na[1] woiß i was er dhuet,
Na hockt er en a Wirthshaus nei'
Ond denkt: des dhuet mer guet.

A Wirthshaus ond a Mädle —
's ischt fascht derselbe Pris,
Denn hot a Bue des Oine net
Na hot er 's Ander gwiß.

Wilhelm Stein.

(As 'm Neckerbhal. Gedichte in
schwäbiicher Mundart, 2. Aufl.
Stuttgart 1869.)

---

[1] nachher.

Beim Fische.

'Z' Fische be'=n=i letzthe' gange
Mit der Angel an de Steg,
Mädle send zom Wasche komme,
Hent mer d' Fischle driebe weg.

G'angelt han i bis zom Obed,
Aber nex han i verwischt,
No die luschdge Mädle hend mer
Manich Gspäßle uschdischt.

Ond do dronder gwä ischt Oine,
Gar so lieb, so dondersuett,
Ueber ihre herzige Aeugle
Bald i mi vergesse hätt.

Wie=n=i no be' hoimwärts komme
Han i mi en's Eckle gsetzt,
Ond han grübelt, denkt, ond komme
Be'=n=i zue dem Schluß uf d' Letzt:

Gsange han i nex, des woiß i,
Drotz der riesigschde Geduld,
Aber glaub fascht: I be' gfange,
Ond des Mädle, des ischt Schuld!

W. Stein.

Am Vogelnescht.

Horch, 's zwitschert was em Büschle drenn
Mit Stemmle gar so sei'!
Ond guck, a Fenk fliegt ab ond zue,
Fliegt us'm Busch ond nei'.

Jetz schleich herzue ond duck de leis,
Thue d' Zweigle von anand,
No stät, no stät, fahr sachde zue!
En Obacht nemm dei' Hand.

Siehscht 's Neschtle en de Zweigle drenn
Von Feederle ond Heu?
Ond siebe gelbe Schnäbele
Die bibberet us der Streu.

Ond guck, dort kommt der albe Fenl,
Der brengt a Füederle;
Jo, jo, was Din am Gernschde hot,
Des ischt doch's Müederle.

Ond guck! jetz dhont se d' Schnäbel uf
Wie uf Commandowort —
Jetz dhue mer's z' lieb, daß 's Alt' nex merkt,
Mach d' Zweigle zue, schleich fort!

W. Stein.

Lied eines Pressburgers.

Teutsche Mundart in Ungarn.

Miar sann ja Ungern, 's iis ja woar,
Und sann's scha[1] sa vül hundart Joar,
Near[2] reden tammer[3], decs iis gwiis,
Wiar uns da Schnobel gwaksn iis.

I teng[4] da Sach gar oftmals noch:
Ungrisch iis gwiis a scheni Sproch!
Wann abar anar auf mi schült,
Wal i a Schwob pin, wir[5] i wüld.

Murdelement! i pin a Schwob!
Glaubt's miars, daß i 's nia glaugnt[6] hab,
Und wir's[7] nia laungna, glaubts ma dos;
Wußt, meina Söl[8]! a niid, für wos.

Miar ham uns do[9] scha g'oawat gnui[10],
Da sagts ees fralli[11] nicks dazui:
Gets in an Wainchat[12], schauts engs[13] on,
Was unsar ana macha kon.

Fragts, wear die Gschlössa[14] gmauat hob',
Wear baut hob bald an iabi[15] Stod?
Harb sain measts nii[16]: im ganzn Land
Da daitschi Flais, die daitschi Hand.

---

[1] schon. [2] nur. [3] thun wir. [4] denke. [5] werde. [6] geleugnet. [7] werde es. [8] wüßte meiner Seele. [9] wir haben uns hier. [10] schon abgearbeitet genug. [11] saget ihr freilich. [12] geht in einen Weingarten. [13] euch es. [14] Schlösser. [15] fast eine jede. [16] böse sind meist sie nicht.

Die Tischler, Schlosser, Zimmerlaid,
Die Hanar[1] — sann alls daitschi Laid,
Wo's d' schaust, bald iada Handwerksman
Redt daitsch, wal er's am bestn kan.

I hab in Madjarembar geau[2],
Sa geau als wia main Augenstean,
Sa lang's niid haßt: „Vasluichta Schwob,
Heazt wiafst dain Vodarn an Stan aufs Grob!"

Mai Vodar iis scha lang niid mear,
Er gspiarts niid, — trest'n unsa Hear!
Owa halich[3] iis mia, dees iis woar,
On eam a an iads Harl Hoar[4]!

Sai Gwant, sai Gschau[5], sai Red, sain Gaug
Vagiis i niid mai Leben lang,
Und winsch mer auf da Wöld nicks mear,
Als z'reden just a sa wiar ear!

Ees wellts[6], daß ii mi saina schamm?
Vatauschen sol sain daitschn Namm?
Valaungna[7], wear mai Voda woar,
A Madjar wean? warum nid goar?

An Unger pin i, dees is rain,
Laßts mi a daitscher Unger sain,
Sann ja Schlowacken a in Land,
Und dees iis imma no ka Schand.

Sann Alli Ungern, 's iis ja woar,
Und sanns scha ja vül hundart Joar,
Ham alli scha mi'n Türken g'rafft[8]
Und ham uns kana no vakafft!

<hr>

Madjar, Schlowack, gebts hear di Hand,
Halb ma nea¹ zsamm brav da in Land!
Legts mer mai Red niid übel aus:
's blaibt unter uns, miar sann ja z' Haus!

¹ halten wir nur.

144

VII. Schwäbische Mundart.

Madjar, Schlowack, gebts hear di Hand,
Halb ma nea zsamm brav da in Land!
Legts mer mai Red niid übel aus:
's blaibt unter uns, miar sann ja z' Haus!

VIII.

Schlesische Mundart.

Schlasierlied.

Mundart im Kreise Breslau.

Uem a¹ Zotabarg² da leut³ a Laud harum,
Dos ber inse⁴ heeßen, war'sch ni moag, is tumm.
Wenn a Feind oh quäma⁵
Und a wullst ins nähma,
Loiß⁶ ber loiber 's Laben,
Eh' ber's Land ihm gaben,
Denn dos Land is schiene, hingen schien und vurn,
Ollerengen wudelt's⁷ do vu Weetz und Kurn!

Chor: Kurn hoan ber, Weetze hoan ber, Garste hoan ber,
Hoaber hoan ber, Olles hoan ber, Juch! —

Schiener Viech is ei⁸ dar Walt wull nich ze sahn,
Sunderlich de Schanfe, su wie wir se hoan;
Und se missen groasen
Ehberoal em Roasen,
's Loob voa Beemen fraffen,
Nischte werd vergaffen!
's Loob werd wieder wochsen, schrei ber ock⁹ Juchhe!
Sitz ber ei dar Wulle, wull ber nischte meh!

Chor: Viech hoan ber, Faarde hoan ber, Uchsen hoan ber,
Schweine hoan ber, Schanfe hoan ber, Loob hoan ber, Beeme
hoan ber, Wulle hoan ber, Fleesch hoan ber, Kurn hoan ber,
Weetze hoan ber, Garste hoan ber, Hoaber hoan ber, Olles
hoan ber, Juch! —

---

¹ den. ² Zobten. ³ liegt. ⁴ das wir unser. ⁵ auch käme. ⁶ ließen. ⁷ allent=
halben wimmelt's ⁸ in. ⁹ nur („Ock" und „ack" = nur — nicht etwa
„auch", was im Dialekt „ooch" oder „oh" lautet).

Und de loiben Barge stiehn su bloo und stulz,
Wie de Pudelmitzen vull vu Loob und Hulz!
Da hot's Hirsch und Hoasen,
Kurz, a Wild zum roasen!
Aber[1] nich ner auben
Is dos Land ze lauben;
Ungerm Bauden[2] hot dar Geist, dar Riebezoahl,
Lauter guttes Zoig verstackt ei Barg und Thoal.

Chor: Eesen hoan ber, Zink hoan ber, Kupper hoan ber, Blei hoan ber, Gift hoan ber, Kuhlen hoan ber, Steene hoan ber, Geister hoan ber, Hulz hoan ber, Wild hoan ber, Viech hoan ber, Ucksen hoan ber, Schweine hoan ber, Schaufe hoan ber, Loob hoan ber, Beeme hoan ber, Wulle hoan ber, Fleesch hoan ber, Kurn hoan ber, Weetze hoan ber, Faarde hoan ber, Garste hoan ber, Hoaber hoan ber, Olles hoan ber, Juch! —

Aus der Arde hull ber[3] ollerleh zer Stoadt,
Weeß der Guckuck, wos je olls im Bauche hot.
Inse Land is glicklich,
Olles drin is schicklich.
Uff zwee Flissen soahren
Kinn[4] ber olle Woaren;
Kummt mer uff dar Auder[5] ni meh furt ver Sand,
Hoan ber duch de Achse, die is weltbekannt!

Chor: D' Auder hoan ber, d' Achse hoan ber, d' Reise hoan ber, 'n Bober hoan ber, grußes Wosser, kleenes Wosser, Schiffe hoan ber, Kähne hoan ber, Fische hoan ber, Rauth hoan ber, Kummer hoan ber, Kraut hoan ber, Rieben hoan ber, Tummheet hoan ber, Klugheet hoan ber, Fleesch hoan ber, Ucksen hoan ber, Schweine hoan ber, Schaufe hoan ber, feine Leute, graube Leute, Kurn hoan ber, Faarde hoan ber, Garste hoan ber, Wulle hoan ber, Hoaber hoan ber, Olles hoan ber, Juch! —

---

[1] aber. [2] unterm Boden. [3] holen wir. [4] können. [5] auf der Oder.

Und in Kurzem hoan ber völlig Eisenboahn,
's werd wul ooch in Kinften emol vurwärts joan [1]?
Baffre Leinbet [2] waben
Werd a [3] Hondel haben [4],
Und a baffer Laben
Warn de Waber hoaben!
Infe gutter Kenig will halt Olles gutt:
Gutt im Himmel sagne Olles, wos a thutt!

Chor: 'n Kenig hoan ber, Liebe hoan ber, Willen hoan
ber, Leimbt hoan ber, Waber hoan ber, Kinstler hoan ber,
Sänger hoan ber, Dichter hoan ber, Kraut hoan ber, Rieben
hoan ber, Floax hoan ber, Eesen hoan ber, Gift hoan ber,
Fleesch hoan ber, Toback hoan ber, Kuhlen hoan ber, Hulz
hoan ber, Steene hoan ber, Luft hoan ber, Freede hoan ber,
Wein hoan ber, Hoaber hoan ber, Olles hoan ber, Juch! —

Heeßt ins Eener Aeselfrasser, hoab a Lacht,
Doß mer sich aus ihm nich a Gerichtel macht!
Uem de Riesenbarge,
Soan [5] se, wunen Zwarge;
Sein ber keene Riesen,
Hoan ber's duch bewiesen,
Doß ber tichtich kinnen infe Feende schloan
Un zon Schuhverlieren ans em Londe joan!

Chor: Muth hoan ber, schloan kinn ber, schießen kinn ber,
schreien kinn ber, Willen hoan ber, 'n Kenig hoan ber, Liebe
hoan ber, Sänger hoan ber, Luft hoan ber, Freede hoan ber,
Wein hoan ber, Hoaber hoan ber, Olles hoan ber, Juch!

A. Kopisch.
(Gesammelte Werke. Berlin, 1856. Band II.)

[1] jagen. [2] Leinwand. [3] den. [4] heben. [5] sagen.

Su gärne!

Warum giehn de Lüftel su läulich?
Warum ziehn de Wülkel su bläulich?
Warum hiert ma uf Quarz aber[1] Kieseln,
Warum hiert ma's Gebergswasser riefeln?
Warum wird's denn-t-im Fruhjohre grien?
Warum fünkeln su helle de Stärne?
Warum thun denn de Kirschbeemel bliehn? —
J nu mei Got, su gärne!

Warum seifen uf Zweigen de Finken,
Tutt das Biendel de Bliemel austrinken?
Warum trät[2] denn de Schwalme zu Näste?
Warum klaubt sich de Taube just's Beste?
Warum kreucht de Wachtel ei's[3] Kurn?
Warum steigt der Aar ahn de Stärne?
Warum rägern de Fröfche im Burn? —
J nu mei Got, su gärne!

Warum sausen im Winter de Kiefern,
Daß de Eechhörndel klappern und ziefern?
Warum wächst kee Schilf nich am Fluder?
Warum friert im Dezember de Uder[4]?
Warum wechselt der Monden su flink:
Eemol leucht't a wie anne Lotärne
Und dernoch sit ma fix wieder wing? —
J nu mei Got, su gärne!

Warum is denn uf Erden hienieden
Jedes Menschen sei Stand su verschieden?
Warum is denn der Eene a Grafe
Und der Andre der hüt't i'm de Schafe?
Warum is denn der Eene su reich,
Und der Andre is arm? — Vur dam Härrne
Durt uben sein alle doch gleich? —
I nu mei Got, su gärne!

Jeder Mensch hot wul seine Stature,
Ihren Gang hot de ganze Nature,
Und der Uckse, de Maus, wie de Katze,
Ziglich Wäsen hantiert uf se'm Platze;
Ziglich Wäsen sulgt stille und stumm.
Do draus, du Menschenkupp, lärne:
Sei bescheiden und frat Eens: warum? —
I nu mei Got, su gärne!

K. v. Holtei.

(Schlesische Gedichte. 11. Auflage.
Breslau 1867.)

Alleene.

Jedweder Mensch hot seine Ohrte,·
Wu a im Stillen flennen kan;
Do macht ma weiter keene Wohrte
Und tutt's irscht keenem Andern san:
Ma' gieht alleene aus em Haus'
Und weent sich ganz alleene aus.

Ihch ha an'n Ohrt, wo hohche Buchen
Beisammen in a'm Kessel stiehn.
Kee Mensch kümmt durte nei gekruchen,
Ma sit ooch keene Bliemel bliehn;
's ihs nischte durt, wie Einsamkeet
Und ihch mid meinem Härzeleed.

Und gieht dernoch de Sunne under,
Do stellt sich noch a drittes ein.
's kümmt vun a [1] grienen Buchen runder
Und frat: Tar [2] ihch derbeine sein?
Mit Härzeleed und Einsamkeet
Vermengt sich de Glickfälichkeet.

v. Holtei.

---

[1] den. [2] darf.

A Gänsebliemel.

De irschte gob mer anne Nälke
Und brach mer ihr gegäbnes Wurt;
De zwote gob mer anne Pälke,
Eh=b=ich mich ümsa=g=warsche furt.
De dritte gab mer anne Ruse,
De vierte a Tolpahndel gar . . . .
De Lehne oder[1], wie de Suse,
Treu blieb nich eene vun där Schaar.

De fünfte war urnär[2] a Engel,
(Die, ducht[3] ich, wird beständig sein?)
Se gab mer annen Liljenstengel;
A andern Tag büzt[4] ihch se ein.
De sechste sproch: Eh=b=ich dich lasse,
Vergieh' ihch! . . . a Vergißmeinnich
Kam ihrem Schwure just zu passe; —
An'n Monat druhf versprach se sich.

Nu ducht' ich, wenn de Weiber immer
Ei[5] Blumen ihre Liegen thun,
Do sullen Blum' und Frauenzimmer
Vur mir mein Tag in Frieden ruhn!
Do kam de siebente gegangen, —
Die muhß mer han was angethan; —
Ich spierte's gleich, ihch war gefangen,
Uem meinen Fürsatz war'sch geschahn.

---

1 aber. 2 „ordinär", völlig. 3 dacht'. 4 büßte. 5 in.

Die sate nischt. — Ihch oder[1] guckte
Ihr in de Oogen, wie in's Grab,
Und eenes Sunntag Murgens fluckte
Sihch se a Gänsebliemel ab,
Und stackt' i'r'sch uf de Härzensstelle;
Sie sate nischte, sa = g = mich ahn!
Ihch sproch zu mir: Uf alle Fälle
Muhß ich das Gänsebliemel han.

Und sproch zu ihr und sate: „Liese,
Ich bitte dich üm anne Gunst,
Jedennoch oder sei nich biese,
Versprich mer'sch, liebe Liesel, sunst —"
Sie sate: „Spriech". Ich sprach: „Ich mechte
Dei Gänsebliemel han!" — Sie sprach:
„Das wälke Ding, das kleene, schlechte?"
Und gab mer'sch hin und seufzte: „Ach!"

Und flennte dicke, helle Truppen
Und sate: „Lieber, guder Hanns,
Du wirst mich tumme Liese fuppen,
Ich bin wul anne rechte Gans;
Ich kan der'sch oder nich verschmärzen,
Wie ihch der'sch Bliemel jitzund gab,
Do warsch, als rieß' ich mer vnm Härzen
An'n ganzen Fetzen mite ab."

Do turkelt ihch, als wie im Schwiemel[2],
Besuffen vo där Liebesglutt
Und stackte mer 'ne Hamsel[3] Priemel
Uf meinen neuen schwarzen Hutt.
De Liese schrie = g =: „Wahs sol de Priemel?
Du tust ju wie a Bräutjam, Haus?"
Ihch oder hilt mei Gänsebliemel
Ei Handen — und im Arm' de Gans.

v. Holtei.

―――――

[1] aber. [2] Schwindel. [3] Handvoll.

―――――――

Ock a wing[1].

Wer ock[2] mei Madel sit,
Där find't se scheene;
Se is halard und flink,
Gor a bewujchbert[3] Ding,
Ock a wing kleene.

Wenn se gegangen kümmt,
Meine Härz=Liese,
Is se niemalen faul,
Hot a verdunnert Maul,
Ock a wing biese.

Ich weeß schund was se wil
Aus i'r'm Gesichte;
Thu ich ärndt jeß[4] aber das,
Schlät se mich, blus zum Spaß,
Ock a wing tüchte.

Stieht se am Kuchelhärd
Bun Fetze[5] glitschich,
Kreescht[6] se, was Eener will,
Streuselkuche macht se ooch recht viel,
Ock a wing klitschich.

---

[1] Nur ein wenig. [2] nur. [3] flinkes, behendes. [4] irgend dies. [5] Fett. [6] bäckt.

Und ihr Geschirre is
Bunschlich, breetplatschich;
's is keene Sache[1] nich,
Se is recht urdentlich,
Ock a wing latschich.

Kümmt Eener eechelganz
Ihr ärndt antgegen,
A sitter Mahdelhengst[2],
Sticht se, besit sihch en zengst[3],
Ock a wing eegen.

Bin ich schalu derbei,
Do gieht's wul haprich;
Sat se: Du wärscht schund recht,
Und du bist oh nich schlecht,
Ock a wing taprich.

Und do bihn ich i'r gutt
Dar kleenen Range!
's Geld hot se schund belurt;
's is mer recht uf de Hurt[4], —
Ock a wing bange.

v. Holtei.

---

[1] Es ist „keine Kleinigkeit". [2] ein solcher Mädchenjäger. [3] genau („rings-
um"). [4] Hochzeit.

De Välkesteene.

Und wenn's de uf de Kuppe [1] gieh'st,
Bas hinger [2] de Kapelle,
Und wenn's de ahngewachsen stieh'st
Uf anner schienen Stelle,
   Kümmt gequllen
   Kümmt gequllen sißer Duft:
's sein de Välkesteene [3].

De Välkesteene wachsen dort
Uf jänem Fleck alleene.
Drumb is das ooch a rarer Ort,
Die Stelle is wie keene;
   Magst de suchen
   Magst de suchen, nirgend sein
Sitte [4] Välkesteene.

's war wul amol a junges Blutt
In anner Baude [5] droben,
Die war a'm böhm'schen Hirte gutt;
Ihr Vater wullt's ni loben.
   Ach Mariele
   Ach Mariele, liebes Kind,
Sullst de su verkummen?

Ihr Oge war wie Välken bloo,
Wenn se's zum Himmel wandte;
Es liebt' se aus Krumhübel oh
A aler Aberante [6].

---

[1] Riesenkoppe. [2] bis hinter. [3] die mit Veilchenmoos (Chroolepus Iolithus) bewachsenen Steine, die nur an dieser Stelle vorkommen. [4] solche. [5] Hütte. [6] Laborant, Apotheker.

Und där bräute
Ju där bräute Hingerlist:
Aer belurt' a[1] Vater.

Der Vater sproch: dan sullst de han
Und juste nich keen'n andern!
A schrie-g-a böhm'schen Hirten ahn,
Der Jusef mußte wandern.
  Und do flennt se
  Ja do flennt se bitterlich,
Immer uf de Steene.

De Steene die derbarmen sihch,
Der Vater bleibt vo Steene;
A sat ack[2] blus: was schiert das mihch?
Und wenn's be willst, su weene!
  Do gedenkt se:
  's is zerletzte ooch a Trost,
Wenn ma recht kan flennen.

Se stund do druben uf der Hieh',
Se sa-g-ei fremde Lande,
A Jusef oder sa-g-se nie,
Rung ock nach i'm de Hande;
  Ach se weent sich
  Ja se weent sich beede aus
Ihre Bälkenoogen.

De Steene wern su uft benetzt
Bun ihren heeßen Zähren,
Daß se nu wirklich uf de Letzt'
Zu Bälkesteenen weren.
  Moost wie Bälken[3]
  Moost wie Bälken uf dam Steen!
's reucht nur wundernschiene.

v. Holtei.

---

[1] den.   [2] nur.   [3] Moos wie Veilchen.

Anno Eens, wie der grusse Wind war!

De Welt ruckt alle Tage
Wul anne halbe Meile vur,
Der Mau vun alem Schlage,
Dar is alleeu retur.
Nu sat mer ack, was denkt denn-t-Ihr?
Su warn se meiner Sieben schier
Anno Eens, wie der gruße Wind war,
Der gruße, gruße Wind.

Ihr trat ju [1] anuen Kittel,
Ma sit i'n werklich gor nich gärn',
Steckt drinne, als wie's Gittel
Im Grieb'sche [2], aber Kärn;
Sitzunder is a and'rer Schniet,
Und ihr hatt't schund dan sill'n [3] Habiet
Anno Eens, wie der gruße Wind war,
Der gruße, gruße Wind.

Und seid su treu gesunnen
Dam König und se'm Schläsingland
Und frat: wer hot gewunnen?
Und reckt zu Got de Hand.
Nu sat mer, eb [4] ihr euch nich schämt?
A su hot ma sich wul gegrämt
Anno Eens, wie der gruße Wind war,
Der gruße, gruße Wind.

____

[1] tragt ja. [2] Kernhaus des Apfels. [3] denselben. [4] eb.

Itzt sei ber schund was klüger,
Ber han derlebt su esem[1] viel;
Der Feind is haldich Sieger,
Drumb tutt a, was a wil!
Itzt gicht a uf a Russe nei,
Das g'ducht' sich keener, meiner Treu
Anno Eens, wie der gruße Wind war,
Der gruße, gruße Wind.

Eb ich's nu äm Franzose,
Eb ich's verleicht äm Russe thu',
's is Jacke ack wie Hose
Und Strump wie Niederschuh;
Denn gäben müssen ber hald doch,
Und akkurat su war'sch oh noch
Anno Eens, wie der gruße Wind war,
Der gruße, gruße Wind.

Der Man vun alem Schlage,
Da su sei Kind, de Liese, spricht,
Hot gleichwul[2] zur Klage
's Gesicht ämpor gericht't:
Do ränt's und schneit's und bläßt's a'm Thurm'.
A sat: su schlimb wor kaum der Sturm
Anno Eens, wie der gruße Wind war,
Der gruße, gruße Wind.

Hurch ack, am Fänster grammelt's,
Gich, Liese, gieh und siech wer'sch ihs?
Und uf em Thurme bammelt's
Und bimmelt's, ganz gewieß,
's werd a Mallehr geschähen sein;
's wor just a sitter[3] Himmelsschein
Anno Eens, wie der gruße Wind war,
Der gruße, gruße Wind.

---

[1] außerordentlich (esem, eisam = schrecklich. Ahd. agi = Furcht, Schrecken).
[2] gleichwohl. [3] solcher.

De Liese trit an's Fänster,
Tutt annen hellen Gal[1], fällt üm,
's sein Geister und Gespänster,
In där Serschant gieht üm:
Där sille[2], där su lange hie
Loschiert hat, — wilder warn se ni
Anno Eeus, wie der gruße Wind war,
Der gruße, gruße Wind.

A hängt ock in a Lumpen,
Sit aus wie purer Frust und Schnie,
Und's flattern bluttje Zumpen
Uem Arm und Kupp und Knie;
A spricht: ich bin schund tud, mei Kind,
Und do versleugt a, wie der Wind . . . .
Anno Eens, wie der gruße Wind war,
Der gruße, gruße Wind.

*   *   *

Gar irscht noch wievel Wuchen
Kam in's befreite Schläsingland
De ganze Schaar gekruchen
Zum kalten Moskaubrand.
Der Himmel hatt' a Streit geschlicht't,
's war nich su schlimb sei Strafgericht
Anno Eens, wie der gruße Wind war,
Der gruße, gruße Wind.

v. Holtei.

---

[1] Schrei. [2] derselbe.

Ubcn naus.

„Wull’ ber nich a Brinkel[1] singen,
Eh=b=der Sunneschein vergieht?
Lusst de galen[2] Geegen klingen,
Sing’ ber ock a Schänscherlied[3]:

„Hopsa, hopsa, rüber und nüber,
Gi’m ’mer a Guschel, ich ga der’sch wieder,
Hopsassa!
Wie de galen Geegen geklungen,
Sei ber üm de Saule rümgesprungen,
Hopsassa!

„Sing’ ber noch a Schänscherlied,
Lusst de galen Geegen klingen;
Eh=b=der Sunneschein vergieht,
Wull’ ber singen, tanzen, springen!
Bunzemol[4] mei Luschel[5]
Mit sem ruthe Guschel!
Sa mer ock, was ihs der denn?
Trübetümplich tust de,
Ruthe Oogen hust de,
Sa mer ock, was stiehst de denn?“

---

[1] ein wenig. [2] gelben. [3] Sch. sind lustige, bei ländlichen Festen gesungene Lieder. [4] besonders, vorzüglich. [5] Karlchen.

Mutterle, luss mich ock
Stiehn wie an'n Knotestock,
Fra nich, was mihch betriebt: —
Mutter, ihch bihn verliebt!

„Ha ich mersch ni geduscht, mei Läusel?
Herr Jekersch[1] sa mer ock in wän?
Dir soll kee Mensch a Kupp verdrähn!
Bist de nich reich? Ihs nich dei Häusel
Frisch ufgeputzt? Ihs nich dei Acker
Zwelf Murgen gruß? Se lecken schier
De Finger alle sich nach dir!
Wär is denn där vermurxte Racker?"

Mutterle hütt' dich ock
Vur Härr'n's se' m Knotestock,
Daß d' en nich ärndt verspierscht,
Wenn's de se su titelierscht:
's ihs de Gräfen[2], de junge! — —

„Du verdunnerter Junge!"

v Holtel.

---

[1] „Jekersch" (auch „Jemersch") ähnlich dem „Jemine". [2] Gräfinn.

's Stiehufmandel [1].

De Masern warn's. — Do siehlt ma sihch im Bätte,
Der Dukter nergelt und de Mutter brummt;
Wenn ma nur bluß an'n Tupp [2] vull Wasser hätte,
Su frisch wie 's grade aus em Brunnen kummt!
Vur Durschte kan ma's schier nimmeh dermachen,
Wenn's Fieber in a Adern rum rumohrt,
Ma möchte nicken und ma muhß doch wachen,
Weil's in a [3] Gliedern kitzelt, oomst und bohrt;
's war'n meiner Sieben rechte Mattertage:
De Langeweile blib de grüß'te Plage.

Nu bruchten se mer allerhand zum spielen,
Wie sihch's fur mihch schund nich meh schicken tat:
Armbrüstel, su uf's Fliegezeug zum Zielen;
A Archel vuller Viech, ood anne Stad
Mit galen Häusern; anne Lammelhärde;
Bleirne Suldaten, Reiter uf em Färde, —
Wär wiss was meh? Ihch ha's nich siehr geacht't.
Act bluß ee Ding hot mer Pläsier gemacht,
Hot mer de lange Zeit a wing vertrieben:
's kam wul vun meiner Liesel, meiner lieben,
Vun nuser guden Schleißern sicherlich:
A Stiehufmandel war'sch, sust nischte nich.

---

[1] Stehaufmännchen (Kinderspielzeug). [2] Topf. [3] den.

An'n Bihmen[1] hot's gekust't. Fur zähn Tukaten
Hot's reichlich seine Schuldigkeet gethan;
's ihs em hald eemol gar zu gut gerathen!
's sung schier vun sälber seine Streeche ahn:
's war ni marode, immer unverdrussen,
Bett uhf und nieder that's bewuschbert[2] giehn,
Und kaum hot's seinen Purzelbuck geschussen,
Glei sa=g=ma's feste uf em Fußwerk stiehn.

Das kleene Ding, sei röthlichtes Gesichte,
Der gruße Kragen und der schwarze Bart,
Das stäckt mer gleisewul niidunder Lichte
Itzunder uhf, — heeßt das uf seine Art;
Gedenk' ihch wie's vum dicken Schädel plutze[3]
Mid eenem Schwapper wieder Fuß gewan, —
Ihch mache mer'sch uf meine Art zu nutze,
Und stelle mancherlee Vergleichung ahn.

Ihs Eener im Examen durchgepurzelt,
('s ihs schund a=su[4], 's kan Ziglichem geschähn!)
Wenn a dernachern uf a Büchern knurzelt,
Und läßt sihch uf der Gasse nich mch sähn,
Und extert sihch halb älend mit studieren,
Und wil's paitu zum Zweetenmal probieren,
Do fällt mer'sch haldich immer wieder ein:
Der Sille mußß a Stiehufmandel sein.

Hot Eener seinen schmucken Laden müssen
Zumachen, weil a fertig wurden ihs,
Und sei Geschäfte ganz im Stillen schlüßen, —
A fängt doch wieder ahn, das ihs gewieß.
Was schad'ts denn? a Vankruttel, iu a kleenes,
Wirft sei Profietel ab, sei rundes, reenes;
Do fällt mer'sch haldich immer wieder ein:
Der Sille mußß a Stiehufmandel sein.

---

[1] Böhmischen Groschen. [2] behende. [3] plötzlich. [4] schon so.

Stieht Eener huch am Ruder, — und de Klippen
Gäben däm Staatsschif annen plutzen Stuß,
(Su wahs geschicht!) do wird's i'n ooch furtschippen;
Kleen' ihs a hinte [1], nächten [2] war a gruß.
Was tut's? Aer streicht a Fuchsschwanz wie a Bruder [3],
Uf eemol stieht a Uben do am Ruder! —
Do fällt mer'sch halbich immer wieder ein;
Der Sille muhß a Stiehufmandel sein.

Do war a Man — a hot mer'sch eigestanden,
Daß i'n sei Weib derbärmlich hot kollascht,
Wenn a de Nase sihch beguß. Zu Schanden
Hot s' i'n geschla'n. — Kaum warsche abgepascht
Aus ünsem Jammerthal und war gesturben,
Glei hot a üm a zwotes Weib gewurben.
Do fällt mer'sch halbich immer wieder ein:
Der Sille muhß a Stiehufmandel sein.

Das sein ack Flausen! — Oder kumm' ihch juste
Uf annen Kerchhof schwischen Gräbern hin,
Und rufft's aus jedem raus: „Du, nunder mußt de!"
Do gieht mei Spielzeug mer ooch durch a Sin!
Do wird mer doch, ma kan's nich recht beschreiben,
's frat was: „Wirscht de fur ewig liegen bleiben?"
Do fällt mer'sch halbich immer wieder ein:
Sölld' der nich Alle Stiehufmandel sein?

v. Holtei.

[1] heute. [2] gestern. [3] d. i. wie einer, der das recht versteht.

Frumme Wünsche.

Und vum Uckse de Kraft,
Und vum Sperrlich a Saft,
Und vum Marder a Zahn,
Und do wär' ihch a Man!

Annen Bart, wie a Buck,
Und an'n Zippelpelz-Ruck,
Wie a Zeiske[1] su grien,
Und do wär' ihch wul schien!

Und de Nase vum Fuchs,
Und de Oogen vum Luchs,
Und de Beene vum Färd,
Und do wär' ihch was wärth!

Wie a Löwe an Mutt,
Wie a Bäh-Lamm su gutt,
Und su flink wi a Querl[2],
Und do wär' ihch a Kerl!

Wie a Hirsch nie nich matt,
Wie a Schlampeißker glatt,
Wie Schalastern[3] gescheidt,
Und do käm' ihch wul weit.

---

[1] Zeisig.　[2] Eichhorn.　[3] Elstern (in Kärnten „Oglofter"; Ahd. agalastra).

Oder'sch kan nu nich sein,
Und do find' ihch mihch nein,
Und ihch bleib' wie ihch bihn,
Und 's muhß halbich ooch giehn.

v. Holtei.

's war amal a kleener Mann.

Mundart in der Gegend von Haynau und Lüben.

's war amal a kleener Mann,
    Hehe, hopp he!
Dar wullt a gruß Weib'l han,
    Dum didlum de!

's Weib'l wullt zum Tanze gehn,
    Hehe, hopp he!
's kleene Mannd'l wullt ooch mit gehn,
    Dum didlum de!

Mann, du mußt zu Hause bleib'n,
    Hehe, hopp he!
Mußt Schüssel und Taller abreib'n!
    Dum didlum de!

Als das Weib'l nach Heeme kam,
    Hehe, hopp he!
Saß 's Mannd'l hinterm Ofen und spann.
    Dum didlum de!

Mann, wie viel hast du gespunn'n?
    Hehe, hopp he!
„'ch hab schunn dreimal ufgewunn'n,“
    Dum didlum de!

's Weib nahm a[1] Rockenstuck,
    Hehe, hopp he!
Schlug 's Mannd'l uff a Kupp,
    Dum, diblum de!

Da sprung's kleene Mannd'l ei's[2] Butterfaß:
    Hehe, hopp he!
„Nu kumm 'rei und thu mer was!"
    Dum diblum de!

Volkslied.

---

[1] den. [2] ins.

IX.

Verschiedene, meist mitteldeutsche Mundarten.

Truhst.

Altes Lied, in altenburger Mundart.

Was 'ch be Taak mit d'r Leier verdien,
Das gieht be d'r Nacht in Wend;
Reenkeemel, Ralken, Ruhßmarien,
Die stiehn nich allewend [1].

Drüm half 'ch mer, su gut 'ch kann,
Fraa nich veel nach d'r Walt;
Mei Vater waar ä reicher Mann,
Senn Suhne dann fahlt's [2] an Gald.

Verr seier Theer [3] nahr Geeder kiehr [4],
De braucht e Baasen [5] genunk;
Schreib senne Fahler uff's Papier,
De braucht e Tinte genunk.

Lahß reene [6], weil's nahr reene will,
Das Wasser lähst nich Bark uff;
Wenn's nachen [7] nich mieh reene will,
De hührt's van salwer uff!

---

[1] allenthalben. [2] dem fehlt's. [3] vor seiner Thür. [4] nur jeder tehr'.
[5] Besen. [6] regnen. [7] nachher.

Die Barkleit[1].

Mundart des Oberharzes.

Die Barkleit, die sein hibsch und fein,
Sie gra'm[2] dos Silwerärz
Aus Bark un Stein.

Nordheischer Schnaps un Gorschlersch Bier,
Dos an dar Hus[3] fest klabt[4],
Is gut vor mir.

Dos Toppkasstick[5], dos schmeckt mer gut,
Und denn e Tremm[6] derzu,
Dar gitt mer Muth.

Towack, Towack, du edles Kraut,
Wer dich geflanset hot,
Hot schien gebaut.

Glick auf, Glick auf! dar Steier[7] kimmt,
Har[8] hot sei Gru'mlicht[9]
All[10] aangezindt.

Volkslied.

---

[1] Bergleute. [2] graben. [3] Hose. [4] klebt. [5] Topfkäsestück. [6] Stück Brot (Trum). [7] Steiger. [8] er. [9] Grubenlicht. [10] schon.

Bärkmannslied.

Mansselder Mundart.

Derr Bärkmann is ä muntres Blut, Glück auf!
Kaimol verleßt ihn nich sei Muth, Glück auf!
    Fehrt he frich zeite h'ninn in'n Schacht
    Un hat er seine Schicht gemacht,
        Denn rieft ä,
    Denn rieft ä frisch: Glück auf!

Derr Junge plackt sich Tahk sarr Tahk, Glück auf!
Wie ehn sei Fäll au[1] brennen mahk, Glück auf!
    Varwungen[2] wärd die Treckerei;
    Denn kimmt derr Luhntahk[3] mett anbei,
        Denn grießt ä,
    Denn grießt ä därb: Glück auf!

Un hat he richt'ch un mett Bedacht, Glück auf!
De Probe orndlich dorchgemacht, Glück auf!
    Der junke kreit denn bohle[4] schun,
    Su, wie der ohle, Heierluhn[5];
        Denn juhcht ä,
    Denn juhcht ä jruh[6]: Glück auf!

Bomähle[7] schafft he sich sei Haus, Glück auf!
Un sucht sich änne Fraue aus, Glück auf!
    Fillt he das Näst dörch seine Sie
    Met Gruß un Klein denn immer mieh,
        Rieft's aller=
    Rieft's allerwändt: Glück auf!

---

[1] seine Haut auch. [2] überwunden. [3] Lohntag. [4] bald. [5] Tagelohn. [6] froh. [7] allmählich.

Ae hat zworsch [1] au sei Linschen [2] Ruth, Glück auf!
Dach ißt he keimool theires Brud, Glück auf!
    Un kreit he farr sei richt'ches Thun
    Varrleicht ämool ä Aextraluhn,
        Denn greelt ä,
    Denn greelt ä laut: Glück auf!

Fehrt uff de Kläubebank [3] he mett, Glück auf!
Daß ehn wuhl ärcht [4] was unmool schlett [5], Glück auf!
    Ruft he: där mich zundthär derrhuhl [6],
    Meints immer dach mett mich rächt wuhl;
        Mei Trost is,
    Mei Trost is mei: Glück auf!

Thiet allerwächt [7] he seine Pflicht, Glück auf!
Varrfehrt denn seine letzte Schicht, Glück auf!
    Do trahn de Kammeräbe denn
    Ehn stille maut ze Grabe henn,
        Versenk'n 'n,
    Versenk'n 'n mett Glück auf!

F. Giebelhausen.
(Dichtungen in Mansfelder Mundart. 1865.)

[1] zwar. [2] sein bißchen. [3] die Bank, auf welcher die Erze sortirt werden (v. „klauben" = suchen). [4] irgend. [5] fehlschlägt. [6] seither erhielt. [7] allerwärts.

Hämwieh.

Mundart von Rudolstadt.

Ech bin off meiner Wanderschaft
Nur allerwend gewasen,
Ech ha mer Alles angegafft
In Stuckert und in Drasen,
Ech bin bis nein nach Ungern gang,
War in der Schweiz zahn Wochen lang,
Ha in der Lausitz Arbeit g'hatt —:
's gibt doch nischt iber Rudelstadt!

Bald war'n de Barge mir ze huch,
Bald sah mer gar känn Höckel,
Bald war'n de Leite mir ze klug,
Bald waren's grube Röckel;
Bald ging's in Saude bis an Knorn,
Bald ha 'ch in Drack de Schuh verlorn;
Da ha ech allemal gesaht:
's gibt doch nischt iber Rudelstadt!

Was mer am merschten aude that,
Un 's Schlimmste war von Dönge —
Daß ech in käner änz'gen Stadt
Konnt' änne Bratworscht jönge.
Ech kröcht ä Döng un Brih derbei,
Das sollte änne Bratworscht sei?
Ech hatt' schonn an Geroche satt —
's gibt doch nischt iber Rudelstadt!

A. Sommer.
(Bilder und Klänge aus Rudolstadt.
7. Aufl. 1874.)

Mädchen und Sadebaum[1].

Mundart von der Unstrut (Thüringen).

Ich krise[2] dich, o Sadebom,
Wuvun bist du su krine?
„Ich liebe keene Mächen[3] nich,
Davun bin ich su schine.“

Was stichelst du, o Sadebom,
Ich thu dich nurt anschauen;
Ich ha der stulzen Brider zwee,
Die sullen dich abhauen.

„Haun sie mich och im Winter ab,
Im Summer krin’ ich wieder;
Wenn du dein Ehr’ emal verlierscht,
Krigst du se niemals wieder.“

---

[1] Säbenbaum (Juniperus sabina). [2] grüße. [3] Mädchen.

Das Mädchen und die Hasel.

Mundart des Kuhländchens, zwischen Oberau und Engelswald in Mähren.

'S woulld' a Mädl' ai's Schenkhaus gien,
Se schleicht' sich[1] wounderschiene;
Do blait se ouff a Wälle[2] stien
Vir aener Hosel, grune.

Onn griß dich Got, Frao Hoseleinn,
Vo wos beist du su grune?
„Onn griß dich Got, sain's Mäderlai,
Vo wos beist du su schiene?“

Vo wos ich asu schiene bien,
Dos kon ich dir bald soge:
Ich asse Waißbruod, treinke Wain —
Vo dam bien ich su schiene.

„Vo wos ich asu grune bien,
Dos kon ich dir bald soge:
Ouff mich su sellt dar kuhle Thao,
Vo dam bien ich su grune.

„Onn weches Mädl' ihr Ehr wiel hou[3],
Di muß derhäme blaive,
Onn muß ni ind' ai's[4] Schenkhaus gien
Meit ihren stoulze Laive.

---

[1] glättet, schmückt sich. [2] eine Weile. [3] behalten. [4] nicht immer ins.

„Se muß wuol gien bai Sounneschain
Bai Sounneschain ze Hause;
Bai Mondeschain, bai seinstrer Nocht
Jes kae[1] Ehr zu derhalde.“

Schwaig steill, schwaig steill, Frao Hoseleinn,
Onn red ao ni su seäre!
Ich hor[2] well'n zu ma'm Buhler gien,
Eitz war ich eimmekehre[3].

„Onn kehr du eimme, wi du weillst,
Ar hot bai dir gesasse;
Du houst dai Rnothgoulbseingerlai
Ai sainer Hand vergasse.

„Du houst wuol ao wos meh gethon,
Du houst bai iem gesasse;
Du houst da'n grune Rautekranz
Ouff sainem Haop gelosse“.

Schwaig steill, schwaig steill, Frao Hoseleinn!
Du konnst dich bald eimmschaoe:
Ich hor derhaem zwie Brider stoulz,
Di wa'n[4] dich bald eimmhaoe[5].

„Haon si mich glai zum Weinter eimm,
Aim Suommer grnn' ich wieder;
Verlaißt a Mädl' ih'n Ehrekranz,
Dan feindt se ni meh wieder.

„Onn wenn de Leind[6] ihr Laob verlaißt,
Do trauen[7] olle Este,
Ade, ade, sain's Mäderlai,
Onn hield dai Kranzle feste!“

---

[1] ist keine. [2] habe. [3] jetzt werde ich umkehren. [4] werden. [5] umhauen. [6] Linde. [7] trauern.

— Ich kon ich halde, wi ich wiel,
Ar ies mer schu hattsolle[1];
Dos ies mer schu vo waißer Said'
A Schlaärle[2] druff gesolle.

Volkslied.
(Hochdeutsch, in etwas anderer Fassung:
Wunderhorn, I, 195 und Simrock,
deutsche Volkslieder, 180.)

[1] entfallen. [2] ein Schleierlein.

Der Schlosser und sein Gesell.

Nürnberger Mundart.

A Schlosser haut an G'sellen g'hat,
Der haut su longsam g'feilt,
Und wenn er z' Mittag gess'n haut,
Dau ober haut er g'eilt.
Der eiherst[1] in der Schüssel drinn,
Der letzt' ah wieder draus,
Es iß kah Mensch su fleißi g'west
Ba'n Tisch im ganz'n Haus.

Oeiz[2] haut amaul der Master g'sagt:
„G'sell! dös versteih ih niht,
Es iß doch su mei Lebta g'west,
Und weil ih denk[3], die Ried':
Su wöi mer ärbet, ißt mer ah;
Ba dir geiht's niht asu,
Su longsam haut noh Kahner g'feilt
Und ißt su g'schwind wöi du.“

„Ja!“ sagt der G'sell, „dös waß ih scho,
Haut All's sein gout'n Grund;
Des Ess'n wörd halt goar niht lang,
Die Aerbet verzih Stund.

---

[1] erste. [2] jetzt. [3] so lange ich denke.

Wenn Ahner möist an ganz'n Tog
In an Stück ess'n fort,
Thät's af die Letzt ju longsam geih,
Als wöi ban Feil'n dort."

Johann Konrad Grübel,
geb. Nürnberg 1736, † 1809. (Grübel's
sämmtliche Werke, Nürnberg, 1836.)

Der Käfer.

Nürnberger Mundart.

Dau sitz' ih, sieg[1] an Käfer zou,
Thout iu der Erd'n kröich'n;
Oeiz[2] kröicht er aff a Grösla naf[3],
Dau thout sih's Grösla böig'n.

Er git sih ober alli Möih
Und rafft sich widder af,
Und hält sih on den Grösla oh,
Will widder kröich'n naf.

Bald kröicht er naf, bald fällt er noh[4],
Banah a halba Stuud,
Und wenn er halb oft drub'n iß,
So liegt er widder drunt.

Und wöi er sicht, daß goar niht geiht,
Und daß er goar niht koh,
So brat't er seini Flüg'l aus
Und flöigt öiz ganz dervoh.

Oeiz denk ih: Wöi's den Käfer geiht,
Su thont's dir selber göih;
Der haut doch gleichwuhl meiher[5] Föiß,
Du ober haust ner zwöi.

[1] sehe. [2] jetzt. [3] hinauf. [4] hinab. [5] mehr.

Du kröichſt ſcho rum ſu langa Zeit
Die Läng' und in die Quer,
Und kummſt döſtwög'n doch nicht weit,
Und werſt aſ b' Letzt wöi der.

Wennſt lang genoug dau in den Gros
Biſt kroch'n, hauſt niht g'wüßt um wos,
So wörſt, nauch Sorg'n, Möih und Streit
Fortflöig'n in die Ewigkeit.

Grübel.

Der Aner [1].

Mundart der Grafschaft Tambach in Franken.

Der Aner is hier,
Un der gefällt mir,
   Hot schwarzbraune Aeugelein
Und hüesche [2] Manier.

Ach wenn er ner käm,
Un daß er mich nähm'!
   Weil süst [3] vor den Leutue
Ihr'n G'red ich mich schäm.

Nu is er schont da,
Drüm bin ich su froah.
   Reich her dein Patschhändelein
Und sog ner: ja, ja!

---

[1] nur einer. [2] hübsche. [3] sonst.

Der li'eb Gott is zum Gräserle gange.

Mundart von Wasungen im Hennebergischen.

Der li'eb Gott is zum[1] Gräserle gange
On hoet zu spreche ogefange:
Stiekt uff, ü[2] Gräserle, der Summer kömmt!
Di Bienerle honn schu ogestömmt!

Der li'eb Gott is zum Heckerle gange
On hoet zu spreche ogefange:
's is Ziet, ü Heckerle, gät nu 'ruis,
Ue Schläfferle, uis euerm Huiß!

Der li'eb Gott is zum Käserle gange
On hoet zu spreche ogefange:
Bannt[3] widder wollt diß Jo'hr mitgehe,
So mößt ü aber nu uffstehe!

Der li'eb Gott is zum Vögele gange
On hoet zu spreche ogefange:
No, hatte di Stömmerle[4] guet probiert
On hatt di Li'ederle istudiert?

Der li'eb Gott is zu Jeden gange
On hoet zu spreche ogefange:
Kommt All'! kommt All'! ich bie=n=euch guet!
Ue hatt nu All' hüsch uisgeruet!

---

[1] zu den. [2] steht auf, ihr. [3] wenn. [4] habt ihr die Stimmlein.

Gänsblümle kömmt zuerst gekrache
On hoet zum li'ebe Gott gesprache:
Li'eber Gott! bie-n-ich regt ogezöö[1]?
Ja! sprecht der li'eb Gott, bist hüch og'zöö!

On freädig kömmt a ä Möckle geflöö,
Hoet si gewäsche all[2] Räckle og'zöö,
On sprecht: 's is mi noch net zu kleei!
Der li'eb Gott sprecht: 's is doch hüsch reei?

Do flattert a ä Vögele iher[3]
On brengt dem li'ebe Gott schu Mähr:
Li'eber Gott! hü'r 'moel mi Li'eble oh!
Galt, li'eber Gott! hürst, bas[4] ich ko?

Das hoet dem li'ebe Gott sehr gefalln,
On fräägt nach Ieden, fräägt nach All'n;
Kaum hoets der li'eb Gott nisgesprache,
Kömmt Alles lebendig schu vürgekrache.

Das hoet dem li'ebe Gott sehr gefräät,
On hoet zu allen Erschaffne gesäät:
Sall keins vergehn, sei ümmer neu!
Will ewiglich euer Vater sei!

[1] angezogen. [2] sein gewaschnes altes. [3] einher. [4] was.

Klage eines Liebhabers.

Mundart von Butzbach in der Wetterau.

Es soll sich halters Kainer mit der Lieb abgewe,
Se bringt ja so manche schiene[1] Kerle im's Lewe.
Gestern hot mer mai Trutschel die Lieb ofgesaht;
    Aich hün se verklaht[2].

So giehts, wammer[3] die Mädcher zum Tanze läßt geie[4],
Do muß mer in Aengste und Sorge 'rum schweife;
Do reit't mer der Deuwel dem Schulze sain'n Hans,
    Der führt se zum Tanz.

Nu schmeckt mer kai Esse un schmeckt mer kai Trinke,
Un wann aich soll ärwern[5], so möcht ich versinke,
Und wann aich sollt schwätze, aich hätt se nett lieb,
    Dann wär ich e Dieb.

Drum bin aich gestorwe, dann loßt mich begrawe,
Un loßt mer vom Schreiner simwe Brerrer[6] abschawe,
Un loßt mer zwa faurige Herze druf male,
    Aich will se bezahle.

Un loßt mer anstimme die Sterwesgesänge:
Do leit[7] nu der Esel die Quer un die Länge;
Im Lewe do hot mer sai Liewesaffärn; —
    Ze Dreck muß mer wer'n.

Volkslied.

---

[1] schönen. [2] verklagt. [3] wenn man. [4] gehen. [5] arbeiten. [6] sieben Breter.
[7] liegt.

·

Wie schreibt man „Zwetschgen"?

Mundart des Busecker Thales in Hessen.

„Uff'm G'meindskippel die Quetsche [1],
Die hawwe mer iwwerig;
Kannst fir morge ausschelle:
„Zawetscheverstrich [2]!"

— Sät zum Amtsdiener d'r Burgemeister,
Eme schnurrige Haus;
D'r macht sei Schreibes [3], nimmt die Schelle,
Mächt sich uff un rieft aus:

„„Morn Nachmittag,
Wann justement
Dei Wirrering [4]
So bleibe sellt,
So sell'n uff oins Kippel [5]
Die Aeppelbäm
Verstriche werrn!"""

Das hirt dann ach der Burgemeister,
Fährt uf aus sei'm Mittagsschlof:
„Was schwätzt dann der da vun Aeppel?
Komm 'eruff emol du Schof!"

----

[1] Zwetschen.　[2] Zwetschenversteigerung.　[3] Schreiben.　[4] Witterung.　[5] So
sollen auf unserm Kippel (d. i. Kopf, Anhöhe).

„Stieht vun Aeppel ebbes in dei'm Wisch dann?
Aeppel hun mer jetz' ja kei,
Awwer ich glab, du host e Kennche [1]
Zuviel Aeppelbranntewei?"

„„Nix fir ungut Herr Burgemeister,
Dos is alles recht, ich glab's,
Es sein Aeppel net, es sind — Zawettsche,
Awwer der Deiwel der schrab's!""

------

[1] Kännchen.

Das Mühlrad.

Mundart der Gegend von Mainz.

Stehl besser! stehl besser!
Bum Simmer[1] drei Sester[2];
Ich kann mich for's Mahle
Jo selber bezahle.

Des Nätze, des Nätze
Muß Alles ersetze,
Wo schwerer, wo nasser,
Die Bach hot noch Wasser.

Viel mahle, viel schlucke,
Der Mehlstaab is trucke,
Des Wasser is schlappig,
Die Gorjel[3] micht's babbig.

Des Kätzi deß seet[4] nicks,
Des Mäusi verreth nicks,
Wann doppelt ich moltern,
Der Bauer kann poltern.

Er werd doch bedenke,
Am Stähn bleibt viel henke
Sein Korn dut nicks wiehe[5],
Was dut erscht verfliehe?

---

[1] ein Fruchtmaß. [2] ein kleineres Maß. [3] Kehle. [4] sagt. [5] wiegen.

Statt Vorschuß zum Kuche,
Do liwr' ich em Kleie,
Der Bäcker werd fluche,
Gott mag's em verzeihe.

Stehl besser! stehl besser!
Bum Simmer drei Sester;
Ich kann mich sor's Mahle
So selber bezahle.

———————

Neuyork.

Mundart von Darmstadt.

Neuyork müßt Einer so beschreibe,
Wie wann er Welle male will;
Is das e Woge, Brause, Treibe —
Die Straße selber stehn net still.

Das Dränge, Gurgle, Kreise, Tose!
Wie Wirbelström' in eme Fluß,
Und doch e Gleite, doch kein Stoße,
Jed Tröppche weiß, wohin es muß.

Und immer Neues kommt geflosse,
Von tausend Schiffe ausgespuckt,
Kaum hat's auf's Ufer sich ergosse,
Is es auch gierig schon verschluckt.

Kam's elend auch von fremde Strande,
Was kummervoll die Küst'.betritt,
Bringts doch de neue Hoffnungslande
E reich Geschenk — zwei Arme mit.

Was nur die Sonn in ihre Laune
De Mensche als hat aufgebrennt,
Das Schwarze, Gelbe, Grünlichbraune,
Und was mer sonst for Farbe kennt —

Läuft mit — hier Neger, da Mulatte,
Chinese mit de lange Zöpp,
Kurz, Zeug von jedem Schlag und Schatte,
Wie neu und alte Meerschaumköpp.

Gar Mancher hat sein Heim verlore,
Doch Wenig' sehne sich zurück,
Vom blonde Deutsche bis zum Mohre
Jagt Jeder athemlos nach Glück.

Kommt mer aus Japan oder Hesse,
Ja aus 'me Land noch net entdeckt,
Mer kann hier plaudern, trinke, esse
Genau im eigne Dialect.

Ich bin nun hier seit fast zwei Jahre;
Glaubst du ich hätt in all der Zeit,
So wimmelt's da mit Gêh'n und Fahre,
Zweimal gesêhn dieselbe Leut?

* * *

Am schönste sin die Frauenzimmer,
Die sind doch all, als wie gemalt,
Wie Wundervögel gehn sie immer;
Ich möcht nur wisse, wer's bezahlt.

Se sage, die mer da so sieht,
Daß net e Jede arg viel nutzt,
So for ins Haus und fors Gemüth;
Doch wunnerschcên sind se geputzt.

Se könne stricke net[1] und koche,
Und meistens fahrn se, wann se gêhn;
Nur zweimal gehn se in de Woche,
Drum halte sich se auch so schcên.

---

[1] nicht.

Pelz, Sammet, Schleier, Kneifer, Spitze,
Se gehn drin so natürlich her,
Und Ohrring, Handschuh, Stiwel, Litze,
Als obs auf 'en gewachse wär.

Wie se de kleine Finger stelle,
Und schleppend schwebe, vornehm müd;
Die lauge Kleider schlage Welle,
Wie wann en Schwan durchs Wasser zieht.

Gehörig auswärts gehn se hiune,
Vorn bolzegrad, das Köppche dreist —
Das sin Amerikanerinne,
Und ob das mit de Auge schmeißt!

Der Täng kühl, weich, e bische südlich,
Wie Rahm mit etwas Kaffe drin;
In siebeknöpp'ge Handschuh niedlich
Die kleine Händ verborge sin.

Und wie en Photograph die Mängel
Liebvoll verbirgt und überschmiert,
So sin hier die lebend'ge Engel
Mit Kunst und Sorgfalt retuschirt.

Im Mäulche hen se alsfort Zucker
Und auf dem Mäulche auch — Herrjeh!
Im Herzche e paar lose Mucker,
Und in de Händcher 's Portmonneh.

So trippele se in die Läde,
Und gucke sich enanner än,
Und keine ruht, als bis e Jede
Is wie die Anner ängedähn.

Hat Eine dann auch nur e Zöppche
Net ängeheft wie ausgemacht,
Dreht Jede zierlich gleich das Köppche
Und guckt ihr höhnisch nach und lacht.

Die Aermste kann die Feinst' copire,
Ihr Anstand reicht mit wenig hin,
Mer könnt se uf de Hofball führe
In Dammstadt als e Herzogin.

Die Arbeitstheilung, kann mer sage,
Ist hier zu Land famos zuhaus;
Die Männer müsse 's Geld erjage,
Die Frauenzimmer kehrn's enaus.

(Aus: Amerikanisches Skizzebüchelche, mitgetheilt
von G. Asmus. Köln und Leipzig, 1875.)

Verdenk' mer's nicht.

Vom Odenwald.

Verdenk' mer's nicht, daß ich dich meide,
Da du so falsch und ich so treu;
Soll denn mein Herz gleich Schiffbruch leide,
So reiß' das Band der Lieb' entzwei.
Unn sprich mich los von aller Pflicht,
Verdenk' mer's nicht, verdenk' mer's nicht.

Ich will nicht mehr die Straß' betrete,
Allwo du an der Thüre stehst;
In jener Kirch' will ich nicht bete,
Allwo du gegenwärtig bist;
Und wo ich dich werd sehen steh'n
Werd' ich fortgeh'n, mag dich nicht seh'n.

Volkslied.

X.

Niederdeutsch vom Rheine

und verwandte Mundarten.

Jan un Griht.

> Wer is der, deri deri der?
> Wer is der Hans von der Wer?*

Jo Kölle en ahle Kümpches-Hoff
Wonnten ens[1] 'nen Voerschmann,
Dä hatt en' Mähd, de nannt sich Griht,
'ne Knääch, dä nannt sich Jan.

Dat Griht dat wor en' fresche Mähd,
Grad we vun Milch un Bloht;
Dä Jan dat wor 'ne starke Poosch[2],
Dem Griht vun Häße goht.

---

* altes Volkslied, mit den Strophen:

> Weiß mir ein prasen Rittersmann,
> Der sich vor sein Feind wehren kann.
>
> Die Trummen hieß er brummen drein,
> Er tet allezeit lustig sein.
>
> Er schickt drei Trumpeter hinein:
> Weißenburg muß gewunnen sein!
>
> Man schicket sie gleich wieder davon,
> Sie sagen er wär ein's Bauern Sohn.
>
> Preßlein[3] müssen geschossen sein;
> Das Volk ziehet in die Stadt hinein:
>
>> Wer ist der, deri deri der?
>> Wer ist der Hans von der Wer?!

[1] wohnte einmal. [2] Bursche. [3] Breschen.

Ens säät hä: „Saach", esu säät hä:
„Saach, Griht, ben ich deer rääch?"[1]
Nemm mich zom Mann, doo beß en Mähd,
Un ich, ich ben ne Knääch."

Do säät it[2]: „Jan, doo beß 'ne Knääch,
Un ich en schön jung Mähd;
Ich well 'nen däst'gen Halfen[3] han,
Viel Leöß un Köh un Pääd."

Un als dä Jan dä Kall gehoot[4],
Do trok[5] hä en dä Krehg;
Schlog immer düchtig en dä Feind,
Holf wenne[6] mänche Sehg.

We widder hä no Kölle kom,
Soß hä op stazem Pääd[7];
Dä Jan dä wor noo[8] Fäldmarschall,
Dä große Jan vun Wäät.[9]

We widder an de Pooz[10] hä kom,
Soß an der Pooz dat Griht,
It soß vör einem Appelkrom,
Wo it Kruschteien[11] briht.

Un als dä Jan dat Griht däht sinn[12],
Leet stell[13] sie Pääd hä stonn,
Un größten it[14], un säät zo imm:
„Griht! wär et hätt gedonn!"

Un als dat Griht dä Jan däht sinn,
Su blänkig uusgeroß[15],
Do größt it inn, un säät zo imm:
„Jan! wär et hätt gewoß!"

*   *   *

------

[1] recht. [2] da sagte es (d. i. sie). [3] tüchtigen Halbwinner (Pächter). [4] die Rede gehört. [5] zog. [6] half gewinnen. (Eine ältere Lesart hatte in voriger Strophe wol: „Ich well nen däftgen Halfwinner han", so daß das „schlog düchtig" und „holf wenne" ein artiges Wortspiel bildeten). [7] auf stolzem Pferde. [8] nun. [9] Johann von Werth. [10] Pforte. [11] Kastanien. [12] sehen. [13] ließ still. [14] und grüßte es. [15] blank ausgerüstet.

Eer köllsche Mädcher, märk üch dat,
Un sitt meer nit zo frihd!¹
Gar Mäncher hät et leid gedonn,
Dat leht² vum Jan un Grihd!

---

¹ spröde. ² lernet.

Müschesstell!

Mundart von Köln.

Müschesstell! müschesstell!
Kei' Gedüsch[1] gemaa't!
Hööschges[2], hööschges müschesstell,
Wenn et Hanswöschge schriewe well!
　　Müschesstell, müschesstell!
　　Kei Gedüsch gemaat!

Unk ens her![3] Unk ens her!
D' Feder bliev söns stohn;
Wann ich geinen Unk jiz krigge,
Wäden ich bahl' en de Plute ligge.[4]
　　Unk ens her etc.

Leve Jung, he es Unk,
Unk un och Papeer!
Leve Jung, no schriev ens gett[5],
Schriev ens gett, un dat räch nett!
　　Leve Jung etc.

Eselsköpp! Eselsköpp!
Dä Unk, dä es zo schwatz.
Mingen[6], weßt ehr dat noch nit,
Eß su gähl' als we en' Quitt.
　　Eselsköpp etc.

---

[1] Geräusch (holl. „Gedruisch"). [2] ganz leise („leischen"; höösch = leise).
[3] Tinte einmal her. [4] in den Lumpen liegen (d. h. den Muth verlieren). [5] schreibe
einmal etwas (gett = Ahd. iht).   [6] meine.

Runde Wing, wieße Wing,
Dat eß mingen Unk;
Dahrim prisenteert et Glaas,
Maat üch ens de Gürgel naaß
    Runde Wing etc.

Zucker Hunk! sößen Unk,
Do beß minge Mann!
Vun der Musel un dem Rhin,
Kan och vun der Ahr ald[1] sin.
    Zucker Hunk etc.

Schwatzen[2] dä mag ich nit,
Drievet zum Kopp eruus;
Ewwer Bleichert[3] brengt et dren,
Dröm han ich drop minge Sen,
    Schwatzen dä etc.

Müschesstell, müschesstell!
Nix es jiz mich dren.
Leckt üch dröm de Feder uns,
Habb ehr nix mich, dann gohd noh Huus,
    Müschesstell! müschesstell!
    Nix es jiz mich dren!

(Kölnische Carnevalslieder,
1823 — 1828.)

---

[1] schon. [2] schwarzen. [3] Bleichart, Rothwein von der Ahr.

Ich stund ens aan der Bröck.

Kölner Mundart.

Ich stund ens[1] aan der Bröck,
Do quom vum Hafe, — faldera!
'ne Kääl[2] ze laufe flöck.

En finger Fuuß[3] 'ne Kihs[4],
Doch hehl inn op[5] 'ne — faldera!
'ne wöhdige Kummihs.[6]

Für dich willst schmuggelu hier,
Parbleu, payez erst — faldera!
Erst die Akzihs-Geld mir!

Dann wör ich jo 'nen Os[7],
Musjö, för dich bä — faldera!
Dä domme Kall[8] he loß![9]

Hä gink aam Rhing[10] crop,
Un froß zom Fröhstöck — faldera!
Dä ganze Kihs deer op.

Drop quom hä zom Kummihs:
„We vill Akzihs deit[11] — faldera!
En mingem Lihv dä Kihs?“

---

1 einmal. 2 Kerl. 3 in seiner Faust. 4 Käse. 5 hielt ihn auf. 6 Zollbeamter
7 Ochse. 8 Geschwätz. 9 hier lasse. 10 Rhein. 11 thut (beträgt).

Dat Micken[1] goof dem Jan 'ne Wink.

Niederrheinisches Volkslied.

Dat Micken goof dem Jan 'ne Wink:
   Komm, mi Leesgen, komm!
Komm des Ovends beim Mondeschin,
Dann looß ich dich zur Thör herrin;
   Komm, mi Leesgen, komm!

„We kumm ich dann zor Pooz[2] herrenn?
   Saag, Leesgen, saag!"
Nemm dä Rink un schöttel de Klink,
Dann meint mi Mooder dat thät de Wing[3];
   Komm, mi Leesgen, komm!

„We kumm ich dann zor Thör herrenn?
   Saag, Leesgen, saag!"
Taaß[4] en beßjä linker Hand,
Do häng dä Schlößel an der Wand;
   Komm, mi Leesgen, komm!

„We kumm ich dann wahl lannds de Hung?[5]
   Saag, Leesgen, saag!"
Geff dem Hung gett[6] goode Wood,
Dann läät hä sich op singen Dod[7];
   Komm, mi Leesgen, komm!

---

[1] Mariechen. [2] Pforte. [3] Wind. [4] taste. [5] längs dem Hunde. [6] ein wenig.
[7] Ort.

„We kumm ich dann wahl lannds dat Föör?[1]
  Saag, Mädgen, saag!"
Geeß doch e beßjä Wasser enn,
Dann meint mi Mooder, et reenden[2] drenn;
  Komm, mi Leefgen, komm!

„We kumm ich dann de Trapp heropp?
  Saag, Mädgen, saag!"
Nemm Hossen un Schoo'n en ding Hang[3],
Dann häst 'ne rechte liese Gang;
  Komm, mi Leefgen, komm!   .

„Wo looß ich dann minge Sonndagsrock?
  Saag, Mädgen, saag!"
An der Wand do es 'ne Knopp,
Dran hängst doo dinge Sonndagsrock;
  Komm, mi Leefgen, komm!

„Wie kumm ich dann wahl in de Stub'?
  Saag, Mädgen, saag?"
De Drücker eß kein Müllestein,
Gang, doo Lömmle[4], un lohß mich allein!
  Gang doo Lömmle, gang!*

---

[1] Feuer. [2] regne. [3] Strümpfe und Schuhe in deine Hand. [4] geh', du Lümmel.

* Vgl. hiermit das von Uhland mitgetheilte: „Laß fragen sein." (Alte hoch- und niederdeutsche Volkslieder, I, b, S. 678), sowie Simrod, Deutsche Volkslieder, Nr. 187 und 188.

Han on Bruche.[1]

Mundart von Jülich.

Ich weeß e Woet[2], dat es net gruß,
On 't mäht de gruße Mann;
't es en de Nuth de beßte Trus,
Dat es et Wöetche: „han".

Ich wönsch mich al mi Lebbag maar[3],
Da'ch emmer sage kann,
On gehd et hott, of gehd et haar[4]:
'A la bonne heure, Ich han!

Wi Mänche ploog[5] sich öm si Brut
Dat he net frigge kann;
Wi nettches[6], wennste ohne Nuth
Da' sage kannß': Ich han!

Wi Mänche söf[7] en brave Brou,
Di he net venge[8] kann;
Wi ahdig[9], wennste setz[10] en Rou,
On denkß' bei dich: Ich han!

— Ich weeß e Woet, dat es net gruß,
On 't es de suurste Fruch[11];
Dat Woet mäht al de Aermot us,
Dat es et Woet: Ich bruch.[12]

---

[1] Haben und brauchen. [2] Wort. [3] nur. [4] rechts, oder geht es links. [5] wie ancher plagt. [6] schön. [7] sucht. [8] finden. [9] artig. [10] sitzest. [11] sauerste Frucht. [12] brauche.

Wi wür et en de Welt su nett,
Hött ekkesch[1] jeddermann,
On wür et Wöetche, „bruche" net;
Dat sol der Kukkuk han!

---

[1] nur.

Allersihlen.[1]

Mundart aus der Gegend von Odenthal und Schlebusch.

Der Dag von Allersihlen,
Der Dag der Ren[2] es hück[3];
Hürst de nit dur di Belsen[4]
Duhschen dat Trurgelück?[5]

Rauriem[6] blenkt op de Wisen,
Der wihße Nisel[7] schlicht,
Un bonkte Blahder[8] riesen
Op alle Pädcher dicht.

Mer trecken[9] met der Schöppen
No'm Kirchhof do erus,
Un schüffelen op di Grahfer,
Jäbben die Onechen us.

Mem Schöppenstill mer pahschen[10]
E Krürchen op de Grong[11],
Un streuen dorop wahl Blohmen,
Des Herfstes latzter Fonk.[12]

'nen Krahnz van Mädepalmen[13]
Geflohten wühd[14] bedröhst,
Do op de Stehn gehangen,
Der an dem Grahf zohöhst.[15]

---

1 Allerseelen. 2 Trauer. 3 heute. 4 Pappeln. 5 rauschen das Trauergeläute.
6 Rauhreif. 7 Nebel. 8 bunte Blätter. 9 ziehen. 10 pressen. 11 ein Kreuzchen
auf den Grund. 12 Fund. 13 Immergrün. 14 wird. 15 zu Häupten.

Do sitt de Moor[1] begrafen,
Der Bestevar[2] sitt do,
E Wcht[3], ich lehv et ihlig[4],
Litt disem Holter[5] noh.

'ne Früng[6] der sitt do hingen
Dem stehnen Krüx vorbei,
Un mir, mir all', mir kummen
Un söllen op di Reih.

Mer wellen he[7] nit truhren .
Dem bi, di he en Rauh;
Dem us hatt sich di Grahser
Für us opgappen gau[8].

Mer wellen edersch[9] sennen
An jene ähnste Zickd[10],
Wammer do ungen mölmen[11];
Vellehts[12] es si nit wickd.

Wat mölm, dat sind die Knochen,
Der beste Dehl[13] es to
Bei uhsen Ahlen bovven[14],
Un süht vom Himmel bloh.

Alles wühd neu gefongen[15],
Wat eener engebößt,
Wat eener do geledden,
All wühd et nu versößt.

Em Kretsch[16] van allen Lehven
Sinn[17] mer dann do herraf,
Un jeder süht met Freuden
Heronger op si[18] Grahf;

---

1 Mutter. 2 Großvater (kölnisch: Bävva). 3 Mädchen. 4 liebe es eifri[g]
(innig). 5 Hollunder (Sambucus). 6 Freund. 7 hier. 8 schnell. 9 nur. 10 ernst[e]
Zeit. 11 wann wir da unten modern. 12 vielleicht. 13 Theil. 14 oben. 15 ge[=]
funden. 16 Kreise. 17 sehen. 18 auf sein.

Süht, wi di Kenger[1] ihlen,
Di Kenges=Kenger wäht[2],
Wi si den Hüffel rösten[3]
Met Sennen[4] un Gebäht;

Wi si des treulich denken,
Wat mir für si gedonn,
Wi si en uhsen Tappen[5]
He treu op Achrden gonn.

— Kickt op, di Nisel treden[6]
Herop van allen Flöß[7];
Vellehts dat si nit schwesen
Do hingen ömesöß![8]

[1] Kinder. [2] werth. [3] Hügel rüsten (schmücken). [4] Sinnen. [5] Fußstapfen. [6] ziehen. [7] Flüssen. [8] umsonst.

De Paltrock.

Mundart aus der Gegend von Elberfeld.

Et leet seck en Buur en Paltrock[1] schnie'n,
Van sewenten Ellen,
Van sewenten Ellen
Leet he en seck schnie'n.

Du äs nu de Paltrock fädig was,
Do genk he, do stong he,
Do genk he, do stong he
Bi Litschen[2] em Gras.

O Litschen, leew Litschen, säie meck[3],
Wie döht meck setten,
Wie döht meck setten
De Paltrock min?

„Sall eck deck säien, wie he deck sett?
De Paltrock heet ongen[4]
De Paltrock heet ongen
On bowen[5] en Schwipp.“[6]

Heet de Paltrock ongen on bowen en Schwipp,
Dann sall en betalen,
Dann sall en betalen
De Schnieder Wipp!

[1] Faltenrock. [2] Lieschen. [3] sage mir. [4] unten. [5] und oben. [6] verkehrte Falte.

O Schnieder, leew' Schnieder, säie meck:
Du hest meck verdorwen,
Du hest meck verdorwen
Den Paltrock min!

„On häw eck verdorwen den Paltrock din,
Dann häw eck en verdorwen,
Dann häw eck en verdorwen
Em Mondenschin."

On hest du'n verdorwen em Mondenschin,
Dann söst[1] du'n betalen,
Dann söst du'n betalen
Em Sonnenschin!

„On sall eck en betalen em Sonnenschin,
Dann ment[2] de Düwel,
Dann ment de Düwel
Din Schnieder sin!"

---

[1] sollst. [2] muß.

Wirb! Wirb!

Aachener Mundart.

Des Morgens ih' de Sonn opgeht
Et Schwolzbre=Männche [1] att [2] opsteht,
En röft wirb! wirb! nun web doch wach,
Dohenge köut [3] der neuen Dag!
       Wirb! wirb!

Et web schönn Weer [4], de Luht es klor,
Noch schönner wie et gestre wor,
Et Fur köut hü [5] enn Leverfloss;
Brengt Gott der Her [6] 'ne Morgengross!
       Wirb! wirb!

De Sonn geht op, der Dag es doh,
Nun hürt me alle Vögel schloh,
En alle Mösche [7] rosse: schirp!
Se haut gehurt et [8] Wirb! wirb! wirb!

            Joseph Müller.
     (Prosa und Gedichte in Aachener Mundart.
        2. Aufl. Aachen 1869.)

———

[1] das Schwalben=Männchen. [2] schon. [3] dahinten kommt. [4] Wetter. [5] das Futter kommt heute. [6] dem Herrn. [7] Spatzen. [8] sie haben gehört das.

De Schneï lait ob de Biërger.[1]

Mundart von Luxemburg.

De Schneï lait ob de Biërger,
De Wald diën as[2] staar a wais,
Den Dal as glaat weï e Speigel,
A glenert[3] vn kloorem Ais.
    Baal schmelzt de Schneï an d' Sönnchen,
De Freileng a Mää ais brengt[4],
Da get[5] de Wald erem[6] donkel
An d' Oëchtegailche[7] sengt.
    Da bleïhen d' Aarmenaien[8]
An och vil Ronse rout,
A[9] wan de Ronse bleïhen,
Da sen[10] ech Meedche Brout.

De Schneï diën as geschmolzen
An d' Oëchtegailche sengt;
De Määson[11] woël vum Himmel
Su hel, esu leïvelech schengt.[12]
    Et bleïhn de Aarmenaien
An och vil Ronse rout,
A weï de Ronse bleïhen,
Du[13] wor d' aarmt Meedchen dout.

---

[1] liegt auf den Bergen. [2] der ist. [3] und glitzert. [4] die den Frühling und Mai uns bringt. [5] wird. [6] wiederum. [7] Nachtigällchen. [8] Anemonen (?). [9] und. [10] bin. [11] Maisonne. [12] scheint. [13] da.

An hiren[1] Allerhäärzleïvsten
Dië brecht[2] woël de Rousen aaf,
A sträät mat naasen Aën[3]
Der Braitchen se ob dat Graaf.

—   —

[1] und ihr.   [2] der brach.   [3] Augen.

Abschied von der Geliebten.

Volkslied in der Mundart der im 12. Jahrhundert vom Rheine nach Sieben=
bürgen eingewanderten „Sachsen“.
Mundart bei Hermannstadt.

Naer Oostland willen wy rejden,
Naer Oostland willen wy mee[1],
Al over die groene heiden,
Frisch over die heiden:
Daer ist een betere stee.[2]
Rheinisches Volkslied des 12. Jahrhunderts.

Wor vil sö mer mat enuunder[3] gegangen,
Ach ieniget[4] Haarzke' meing!
En' sön uch am[5] den Hoals gehangen;
Geschiede' moß et seing,
Ach ieniget Haarzke' meing!

Wor vil sö' mer mat enunnder geseessen,
Ach ieniget Haarzke' meing!
Gor munch öne[6] Schloof hu' mer uch vergeessen;
Geschiede' moß et seing,
Ach ieniget Haarzke' meing!

Wat gist tiaa mir naa[7] für meingen Dainst allien,
Ach ieniget Haarzke' meing?
De' Millestien[8] zestüßä' klien;
Geschiede' moß et seing,
Ach ieniget Haarzke' meing!

---

[1] mitgehen. [2] Stätte. [3] wie viel sind wir miteinander. [4] einziges. [5] um.
[6] manch einen. [7] was gibst du mir nun. [8] Mühlsteine.

Liebchens Grabmal.

Volkslied der Siebenbürgener Sachsen; Mundart des Großschenker Stuhles.

Ich schmieß zwoo äbdle Ruisen[1]
Zem huihe' Fenster hinäus;
Ich hatt meing Herzgelaawterchen[2] troofen,
Dat et joo sterwe' moßt.

Woor soal em et naa[3] begroowen?
Ae' seinges Grnißvooter sö Graaw.
Wat soal af seingem Graaw wooffen?
Vool Dästeln uch Ruisekrock.

Wat sticht ze seinge' laawen Hiewden?[4]
Doo stieht ien gäldä[5] Schräst.
Wat sticht doorä' geschriwen?
„Dä größte Troa[6] äm Häus."

Wat sticht ze seinge' laawe' Söckten?[7]
Doo stohn zwee Biemcher zoort;
Doat ien[8] boat briet[9] dä Maschket[10],
Doat oander dä Nägeltscher.[11]

Wat sticht ze seinge' laawe' Fößen?
Doo sprängt e' Bränuche' kahl[12];
Doat dielt sich än zwee Fleesker[13],
Dä dreiwen zwee Milleraad.

---

[1] Rosen.　[2] Herzliebchen.　[3] wohin soll man es nun.　[4] lieben Häupten.
[5] eine goldne.　[6] Treue.　[7] Seiten.　[8] das eine.　[9] trägt.　[10] Muskat.　[11] Gewürz-
nelken.　[12] ein Brünnlein kühl.　[13] Flüßchen.

Doat ien doat mehlt dä Majchket,
Doat oander dä Nägeltſcher.
Dä Majchket doocht[1] ſich ſößer,
Dä Nägeltſcher nooch viel gaats.[2]

[1] dachte. [2] noch viel gutes (d. i. „beſſer“)

Ech gion derfun.

In „ſächſiſcher" Mundart, Siebenbürgen.

Schide, `ai Schide, wie hot dij [1] erbuocht,
Dat ta meinj Härz än Trouer gebrocht?
Ech gion derfun, ech zian derfun,
Nor Got wiß, ow ech weder kun [2].

Ech ſuazt meinjem Voter en Ruis af den Däſch:
„Meinj härzer Voter bleift geſangd uch [3] fräſch!
Ech gion derfun, ech zian derfun,
Nor Got wiß, ow ech weder kun."

Ech ſuazt meinjer Moter en Ruis än Seren [4]:
„Ir guldig meinj Moter, wa lang wid et wïeren?
Ech gion derfun, ech zian derfun,
Nor Got wiß, ow ech weder kun."

—————

[1] wer hat dich. [2] ob ich wieder komme. [3] und (auch). [4] in den Garten.

XI.

Niederdeutsch des Ems- und Wesergebietes.

Das Volkslied auf Hermann,

wie es um die Grotenburg (bei Detmold, im Teutoburger Walde) lautet.

Hermann,
Sla[1] Lärm an!
La' piepen[2], la' trummen!
De Kaiser well kummen
Met Hammer un Stangen,
Well Hermann uphangen.

Un Hermann
Slaug[3] Lärm an,
Leit piepen, leit trummen.
De Fürsten sint kummen
Met all' ehren Mannen,
Hewt[4] Varus uphangen.

[1] schlag.　[2] laß pfeifen.　[3] schlug.　[4] haben.

Jehänsken sat im Schoatstein.[1]

Mundart um Soest.

Jehänsken sat im Schoatstein
Un flikkede suine Schau;
Da kam sän'n[2] wacker Miäksken
Un keik sän nuipe[3] tau.

„Jehänsken, west diu friggen,
Dann frigge diu an mui[4];
Ick heww' en blanken Daler,
Diän well ick giewen dui."

„„Dat dau diu nit![5] dat dau diu nit!
Se hiät en scheiwen Faut.[6]""
„„„Dat deit er niks; bei Daler mäkt,
Dat ick se niämen maut.""""

---

[1] Schornstein. [2] so ein. [3] guckte (sah) so genau. [4] an (um) mich. [5] das thue du nicht. [6] schiefen Fuß.

Werbung.

Mundart von Schwelm in der ehemaligen Grafschaft Mark.

Kind, Kind, sühs du mi nich?
Kannst du min Fleiten[1] nich häören?
Komm, min Hiärtken, un frigg![2]
Friggen — we well et us wehren?

Satersdag[3]-Avend es nu,
Fiëravend ja hevvi[4];
Kömmst du, min Schätzken, o du?
Friggen un bützen, dat wevvi.[5]

Sachte, süss[6] kraket de Tür!
Nümmes[7] sall häören un kiken,
Wat met mi'm Schätzken eck kür[8],
Wu eck[9] min Hiärtken well striken.[10]

Du häörs mi un eck di,
Du büs min Wecht[11], eck din Jungen;
Knecht twar un Mäken sivvi[12],
Fri äöwer un nich getwungen.

Fri es, we frigget, en Här
De, dem gehäöret en Hiätte.[13]
Süss es[14] et Här ja as Tär,
Wecker sin Brot dat eck iätte.[15]

---

[1] Flöten (Singen). [2] freie. [3] Samstag (Saturday, d. Saturni). [4] haben wir. [5] küssen, das wollen wir. [6] sonst. [7] Niemand. [8] wähle (thue). [9] wie ich. [10] streicheln. [11] bist mein Mädchen. [12] sind wir. [13] Herze. [14] sonst ist. [15] esse.

Nu noch en Bützken![1] Nu gah!
Lat di wat Soites[2] nu drömen!
Lat in di'm Hiärten mi da
Slapen, min Schätzken, un drömen!

[1] Küßchen. [2] Süßes.

De Grobsmid.

Mundart um Göttingen.

Een Grobsmid sat in gode Roh
Un rookt sin Piep Toback doato,
  Sieh düt, sieh dat, sieh doa.

„Was klopt denn doa an mine Dör?
As wier[1] de Düwel sülost davör?“

„„Dat is'n Breef mit de Gettingsche Post,
De dre un dörtig[2] Penning kost.““

„Wat schrift mi denn min lewe Fründ
Von minem Sohn, dat Düwelskind?“

„„He hält sich mit 'n Oelsten[3] slahn,
Un dörft nich mihr Collegen gahn.““

„Am Mahndag will'k na Gettingen gahn
Un minen Jung dat Jack vull slahn.“

„„Ihr Diener, mein lieber Herr Papa!
Hat Sie der Teufel schon wieder da?
Es freut mich, Sie sein wohl zu seh'n;
Wie mag's mit meinem Wechsel steh'n?“„

„Du Düwelsjung, wat häst du dahn,
Du häst di mit den Oelsten slahn!“

[1] als wäre. [2] dreiunddreißig. [3] Aeltesten (Senior).

„„Ei ei, mein lieber Herr Papa,
So fährt man keinen Burschen an!
Die ganze Woch' hab ich studirt
Und drauf am Sonntag commersirt.""

„Dat Kommerscheeren sast du blüben lan,
Wend du din Geld to Böker an!"

„„Zwei Freunde duellirten sich,
Ein Schmaus war ganz gelegentlich.
Da kamen sie zu mir ins Haus,
Und ich gab den Versöhnungsschmaus.""

„Du sast mi ward'n en Grobsmidsknecht,
Und so geschüht di Düwel recht!"

„„O allerwerthester Herr Papa,
Lassen Sie mich nur diesmal da;
Ich hab ja noch nicht ausstudirt
Und meinen Cursum absolvirt.""

„Na ditmal sall di't schenken sin,
Un doa sohr dat Dunner und Wetter drin!

„Nu will't man werre na Huse gahn
Un düchtig up'n Ambos slahn."

„„O allertheuerster Herr Papa,
Was macht die werthe Frau Mama?
Was machen die zarten Schwesterlein?
Und — schicken Sie brav Wechsel ein!""

„Se sünd noch all recht fett un rund,
Se seggen, du bist en Swienehund!"

———   ———

Un wenn nu de Pott en Lock hett.

Mundart von Kalenberg an der Weser.

Un wenn nu de Pott en Lock hett?
Mien lebe Heinrich, mien lebe Heinrich!
„Stopp et tau, mien lebe, lebe Lischen [1],
Mien lebe Lischen, stopp et tau!"

Womit zall eck 't denn taustoppen? lebe Heinrich?
„Mit Stroh, mien lebe Lischen!"
Un wenn dat Stroh tau lang is?
„Sznie 't af [2], mien lebe Lischen!"

Womit zall eck 't denn afsznien, lebe Heinrich?
„Mit 'n Messt [3], mien lebe Lischen!"
Un wenn dat Messt nu stump is?
„Mosst 't szliepen [4], mien lebe Lischen!"

Worup zall eck 't denn szliepen? lebe Heinrich!
„Up 'n Szliepstain, mien lebe Lischen!"
Un wenn de Stain nu dróg [5] is?
„Göit [6] 'r up, mien lebe Lischen!"

Worin zall eck 't Water halen, lebe Heinrich?
„In 'n Pott, mien lebe Lischen!"
Un wenn nu de Pott en Lock hett?
„Stopp 't tau, mien lebe Lischen!"

Volkslied.

---

[1] Lieschen. [2] schneide es ab. [3] Messer. [4] schleifen. [5] trocken. [6] gieße.

Fruwwe, ji schollen¹ na Huuse kuomen.

Mundart in der Gegend von Osnabrück.

Fruwwe, ji schollen na Huuse kuomen,
Iune² Mann un de is krank.
  „Is he krank,
  Gatt si Dank!
  Nu na'n³ Dänsken 'r twee of⁴ dree!"

Fruwwe, ji schollen dach baule⁵ kuomen,
Innen Mann willt se berichten.⁶
  „Willt se'n berichten,
  Mag he bichten.⁷
  Hopp! na'n Dänsken 'r twee of dree!"

Fruwwe, ji schollen dach gawwe⁸ kuomen,
Inne Mann un de will stierwen.
  „Will he stierwen,
  Kann ick ierwen;
  Eerst na'n Dänsken 'r twee of dree!"

Fruwwe, to, ji miötet kuomen,
Inne Mann un de is daut!
  „Is he daut,
  Frett he nin⁹ Brand.
  Iuch! na'n Dänsken 'r twee of dree!"

---

¹ Ihr sollet. ² Euer. ³ nun noch ein. ⁴ oder. ⁵ doch bald. ⁶ wollen sie
mit den Sterbesakramenten versehen. ⁷ beichten. ⁸ rasch. ⁹ ißt er kein.

Fruwwe, nu schiöl' ji wnal knomen,
'r is'n Frigger, de is vor ju[1].
  „Wat segge ji,
  'n Figger vor mi?
  Dann is vor diitmal 't Danßen vorbi!"

Volkslied.

—

[1] der ist für Euch.

Hör, Fruwwe, de Grönlänner drinket kein Beer.

Mundart von Osnabrück.

Hör, Fruwwe, de Grönlänner drinket [1] kein Beer —
    „O heh!"
He drinkt sick [2] den schlibbrigen Thraun [3] vor Plaseer —
    „O weh!"
De Fruwwe, de drünke auk geren dat Fett,
Doch nei — in dem Hemel — dar kricht se wat met! [4]
    „O weh!"

Ick hewwe hier, Fruwwe, en Krögsken [5] met Beer!
    „Juchhe!"
Ick weet wol, Du drünkest et geren wolch'r! [6]
    „Juchhe!"
Ick heww er en Krömelken Sucker in daun [7],
Uem dat et Die [8] sööter herunner sall gaun.
    „Juchhe!"

„Dat mott ick doch seggen, düt weet ick Die Dank!"
    Juchhe!
„Et eß doch een gaus allerleewesten Drank!"
    Juchhe!
„Ick weet nich, ick weere san munter un licht —
Wenn mie man [9] dat Krögsken to Koppe nich stiggt!"
    Juchhe!

---

[1] die Grönländer trinken. [2] er (der Mann) trinkt sich. [3] Thran. [4] in dem Himmel, da erhält sie etwas davon. [5] Krüglein. [6] ehemals. [7] herein gethan. [8] Dir. [9] nur.

„Godd Dank, dat wie beeden in Grönland nich send!"
    Juchhe!
„Un dat wie en beteren Hemel doch kennt [1],"
    Juchhe!
„Un dat Du nich lichte wat Goges [2] genüst,
Wat Du nich van Harten mi geren auk büst [3]!"
    Juchhe!

— — —

[1] kennen. [2] Gutes. [3] bietest.

Sau manig, manig Minske.[1]

Mundart von Osnabrück.

Sau manig, manig Minske
Heff nich et[2] leewe Brand;
Wenn he doch flietig spünne,
He wööre nut' er[3] Naut!
Wer flietig spinnt, ess wol daran,
Drüm spinn' ick, wat ick spinnen kann.

Sau manig, manig Minske
Heff lange Wiel' un Tied;
Wenn he doch flietig spünne,
He wöör' se baule twiet![4]
Wer flietig spinnt, ess wol daran,
Drüm spinn' ick, wat ick spinnen kann.

Sau manig, manig Minske
Heff Aerger un Vordreet[5];
Wenn he doch flietig spünne,
He sünge baul' en Leed!
Wer flietig spinnt, ess wol daran,
Drüm spinn' ick, wat ick spinnen kann.

---

[1] So mancher Mensch. [2] hat nicht das. [3] aus der. [4] bald los. [5] Verdruß.

Die Sternlein.

Mundart aus der Gegend von Münster.

„Wat kickt us[1] de Stärnkes so frönblick an,
O Moder, wat häv ick di laiv!
O saih, wu se spielet[2] un lachet us an,
O Moder, wat häv ick di laiv!
Wat möcht ick gärn spielen met är[3],
O Moder, könn ick men[4] kuemen to är?"
De Moder küßt swigend dat laiwe Kind:
„„Wäörn Stärnkes Di[5] immer so guet!""
„Nu slutet se 't[6] düstere Hüeksen up,
Die Döär in de Klinke un fäölt.
O Moder, wat rück uesse[7] Hus so fin,
Wat is uese Küecke so graut![8]
Moder wat müegt[9] dat söär Lüchtkes sin,
De waihet un schienet[10] so rauth?
Van luter Flämmkes so 'n klainen Krink[11]
De spielt wull up uessen Härd?
Wat mot dat schön in'n Hiemel sin,
Bi Stärnkes un Engelkes sin!"
De Moder küßt swigend dat laiwe Kind:
„„Min Engel, Gott late mi Di![12]""
— Dat Margenrauth witte[13] Händkes beschient,
De Moder sit[14] swigend un grint.

---

1 was sehen uns. 2 o sieh, wie sie spielen. 3 ihnen. 4 nur. 5 dir. schließen sie das. 7 riecht unser. 8 groß. 9 mögen. 10 wehen und scheinen. Kreis. 12 lasse mir dich. 13 weiße. 14 sitzt.

De twee Königskinner.

Niederdeutsche, dem Holländischen nahestehende Mundart (von Dornum,
an der ostfriesländischen Küste).

Der weeren[1] twee Königkinner,
De hadden eenanner so leev;
Bi 'nanner kunnen se nich kamen,
Dat Water weer vöels to deep.

„Du kannst je goot schwemmen, mien Leeve,
So schwemm denn heraver to mi;
Van Nacht[2] sall een Fackel hier brannen,
De See to belüchten söer di.[3]"

Der weer ook een falske Nunne,
De schleek[4] sück ganz sacht na de Stee,[5]
Un dampte[6] dat Lücht hüm tomal uut,[7] —
De Königssöehn bleev in de See.

De Dochter sprok to de Moder:
„Mien Hart dat deit mi so seer,[8]
Lat' mi in de Lüggt[9] gahn to wandeln
Woll an de Kant van dat Meer."

„„Doh dat[10], mien leevste Dochter,
Man[11] alleen dürst du nich gahn;
Waak upp[12] dien Brör,[13] de jungste,
Un de lat' mit di gahn.""

---

[1] da waren. [2] „von Nacht", d. i. von Dunkeln an. [3] für dich. [4] schlich
[5] nach der Stelle. [6] dämpfte (löschte). [7] ihm plötzlich aus. [8] thut mir so weh
(seer = engl. sore). [9] Luft. [10] thue das. [11] doch. [12] wecke auf. [13] Bruder

„Och nä! mien Brör, de jungste,
De is so wild, dat Kind,
De schütt na all'[1] de Vöegels,
De an de Seekand sünd.

„Un schütt he denn all' de macken[2],
De wilden de lätt he gahn,
Denn seggen gelick alle Minsken:
Dat het dat Königskind dahn.“

„„Man[3] Dochter, mien leevste Dochter,
Alleen dürst du nich gahn;
Waak upp dien jungste Süster,
Un de lat' mit di gahn.“„

„Och nä! mien jungste Süster
Is noch een spöelend Kind!
De löppt na all' de Blömtjes[4],
De an de Seekant sünd;

„Un plückt se denn all' de roden,
De witten[5] de lätt se stahn,
Denn seggen gelick alle Minsken:
Dat het dat Königskind dahn.“

De Moder gung na de Karke[6],
De Dochter gung an dat Meer;
Se gung so alleen un so trurig,
Dat Hart dat de' höer so seer.[7]

„Och Fisker, mien goode Fisker,
Du süchst[8], ick bün so krank;
Du kannst je un mußt mi helpen,
Sett uut[9] dien Fisknett to Fant![10]

---

[1] schießt nach allen. [2] die zahmen (holl. mak). [3] aber. [4] die läuft nach allen den Blümchen. [5] die weißen. [6] Kirche. [7] das that ihr so wehe. [8] siehst. [9] jeze hinaus. [10] zum Fange.

„Hier hebb' ick mien Leevste verlaren,
Wat ick upp Erden hadd',
Man riek will ick di maken,
Kannst du uppfisken de Schatt!"[1]

„„Föer jo[2] will ick dagelank fisken,
Verdeen ick ook nix as Gott'slohn;""
He schmeet[3] sien Nett in dat Water,
Wat fung he? — de Königsföchn!

„Dar, Fisker, mien leevste Fisker,
Dar nimm dien verdeende Lohn:
Hier hest du mien golden Ketten
Un mien demanten Kron'."

Se nehm höer Leevst' in höer Arme,
Un küßde sien bleeke Mund;
„Och, trohe[4] Mund, kannst du spreken,
Denn word' mien Hart weer[5] gesund!"

Se drückde hüm fast[6] an höer Harte,
Dat Hart dat de' höer so seer;
Un langer kunn' se nich leven:
Se sprung mit hüm in dat Meer.

Altes Volkslied.*

[1] den Schatz. [2] für Euch. [3] warf (schmiß). [4] treuer. [5] wieder. [6] ihn fest.

* Ju holländischer Mundart bei Hoffmann von Fallersleben (Horae belgicae, II, 112):
„Het waren twe conincskinderen,
sy hadden malcander so lief."

Münsterländisch:
„Et wassen twee künigeskinner" (bei Uhland, alte hoch- und niederdeutsche Volkslieder, I, a 199).

Hochdeutsch bei Simrock (deutsche Volkslieder, 7) und Wunderhorn, I, 56 und II, 78.

De Snieder un de Rieder.

Mundart des Butjadingerlandes [1] im Großherzogthum Oldenburg.

Et weer enmal een Snieder,
De harr [2] een moje [3] Deern,
Un weer enmal een Rieder,
De harr de Deern so geern.

Herr Snieder, sprook de Rieder,
Gäwt mi So junget Wich! [4]
Herr Rieder, sprook de Snieder,
Dat Wich dat kriegt Ji [5] nich.

Un willt Ji mi nich gäwen
Dat löwe junge Blot,
So nehm ick mi dat Läwen
Un morgen bin ick dod!

Un nehmt Ji So [6] dat Läwen
Un sünnt [7] Ji morgen dod,
Dat Wich will ick nich gäwen,
Dat löwe junge Blot.

Een Rieder un een Snieder
De gaht [8] nich goot tosaam,
Een Snieder un een Rieder
Paßt nich in eenen Rahm.

––––––––––

[1] Land „buten de Jade“, d. i. jenseits der Jade. [2] hatte. [3] schöne. [4] Euer
nges Mädchen. [5] Ihr. [6] Ihr Euch. [7] seid. [8] gehen.

Up'n Diske[1] sitt de Snieder,
De Rieder sitt to Pär[2],
Darum Ade, Herr Rieder,
Ich danke vär de Ehr!

[1] auf dem Tische. [2] zu Pferde.

Up'n Diske sitt de Snieder,
De Rieder sitt to Pär,
Darum Ade, Herr Rieder,
Ich danke vär de Ehr!

[1] auf dem Tische. [2] zu Pferde.

Harfstbild.

Mundart von Ovelgönne, im Stadlande im Großherzogthum Oldenburg.

Dat weer mien litje leev Deeren [1],
De steit as in 'n [2] deepen Droom:
Se kikt wol där [3] dat Fenster
Na den oolen Linnenboom.

So moï sik 't fär uns [4] twee beiden
Unner 't greene Linnentelt seet [5],
Wenn 's Sommers lustig sungen
De Swaalken är Avendleed.

Man Swaalken sund weg un de Sommer,
Un de Beem' to troren staat't [6],
Un in lange, lange Reegen [7]
Averhen [8] de Wulken gaat't.

De Harfstwind siene Fitjes [9]
Wol aver dat Land uttreckt,
Un all de Blä', de gälen [10],
He van de Teege breckt. [11]

Un all de Blä', de gälen
Up de swart swarte Eer he sait [12],
Un he ropt [13]: Ji [14] Minschenkinner,
So weer' ji [15] ook vewait!

---

[1] kleines, liebes Mädchen. [2] das steht wie in einem. [3] durch. [4] so schön
sich es für uns. [5] saß. [6] zu trauern stehen. [7] Reihen. [8] drüberhin. [9] Fittige.
[10] Blätter, die gelben. [11] den Zweigen bricht. [12] Erde er säet. [13] ruft.
[14] ihr. [15] so werdet ihr.

Un var 't[1] Huus de Linnenteege,
Wat he se plucken[2] kann!
Incens fleegt Blädersgnuren[3]
Gegen d' Kamerfensters an.

Och, de Boom, de so green van 't Sommer[4],
Nu is he bloot[5] un kaal!
As Brunt un Brägam[6] wi seeten
In sien'n Schadden to 'n lestenmal.

Dat is 't, dat mien litje leev Deeren
Steit as in 'n deepen Droom,
Dat kikt se wol där dat Fenster
Na den oolen Linnenboom.

[1] und vor das (dem). [2] pflücken. [3] in einemfort fliegen Blätterschauer. [4] d. i. „den Sommer über". [5] blos. [6] Bräutigam.

Ik blief siens[1] un he blift miens.[2]

Mundart des Jeverlandes in Oldenburg.

Jungens gift 't as Gras in d' Mee[3],
Firen[4] fünd daarmanken[5];
Man wenn Een mi nögen de'[6],
't wull mi nett[7] bedanken.
   Ik blief siens un he blift miens!
   Wel hettaar[8] wat gägen?

Därens[9] gift 't ook drall un glatt,
Over[10] blift no' mennig[11]; —
Därens, Därens, 't helpt jo[12] niks,
Maakt üm[13] nich afwennig.
   Ik blief siens un he blift miens!
   Wel hettaar wat gägen?

Moder seggt: „Mi höör du nett,
Nimm uns' riken Naser![14]
Twintig Matt[15] mit Rogg' he het,
Dartig[16] Matt mit Haser.“
   Moder, Moder, swieg doch still,
   Ga mi[17] mit dien' Ossen!

---

[1] ich bleibe die seine. [2] der meine. [3] gibt es wie Gras in der Mahde.
[4] feste, mannhafte. [5] darunter. [6] doch wenn einer mich nöthigen wollte.
[7] ich wollte mich schön. [8] wer hat da. [9] Dirnen (Mädchen). [10] übrig.
[11] noch manche. [12] euch). [13] ihn. [14] Nachbar. [15] zwanzig Matten. [16] dreißig.
[17] geh' mir.

Moder, kumm mitte[1] nich an,
Mag der ni[2] van hören!
Moder hööfst mi[3], glööf du 't man,
Keen meer rekum'deren:
  If sün Jan siens, Jan is miens!
  Hef mi daar[4] nifs gägen!

[1] mit dem. [2] mag da nicht. [3] brauchst mir (von „behnfen"). [4] habe mir da.

De Waterkärl in d'Ja.[1]

Mundart des Jeverlandes.

In d' Bant[2] waan' en Bunr, de 's rick noog un stolt[3];
Sien' dree Därns fünd üm leever as all sien Gold.

De een' weer so knapp, un d'anner' weer so slank,
De dard wull geen[4] Kärl är Tieb'lävenslank.

Un se freeit un loopt[5] sik boll af de Sgoo:
Mui Ida[6] lacht un seggt Nä derto.

Se lift nich üm na Pott of Pann[7],
Se holt[8] so sien un so witt är' Hann';

Man vaken de Groo' henbaal[9] se geit,
Waar dat Water bruus't, waar de Seeluft wait.
  Och, de Ja 's so deep!

Un insee'mal do weer se an d' Buterfant[10]:
De Tie[11] stigt up un stigt gegen dat Land.

De Bulgens all seeg se[12] kamen un gaan,
Un miteens het n' sienen Här vör är staan.

He grööt't[13] wol höfelk, he sprekt wol good;
Mit üm[14] to spazeeren är nich ve'broot.

---

[1] Der Wassermann in der Jade. [2] Name eines alten, von der Jade ver-
ngenen Torfes. [3] der ist reich genug und stolz. [4] die dritte wollte keinen.
ien und lausen. [6] schön Ida. [7] nach Topf oder Pfanne. [8] hält. [9] aber
als den Außengroben hinab. [10] Außenseite. [11] Fluth. [12] die Wogen
ı sah sie. [13] grüßt. [14] ihm.

Henünner se gaat't[1] an Waterskant,
Man dat is so kold un so kold sien' Hand.

„Un waar höörstu[2] to Huns? waar kumstu här?“
„„If kaam uut d'Ja' un if waan' in 't Määr.

„„Un geen slimmer Hunsen as miens[3] if kenn:
Daar saart[4] so Päl' wol över Een hen.

„„Un kold un düster is't in mienen Saal:
Daar kumt geen Sünnensgien he'daal.[5]
   Och, de Ja 's so deep!““

't gräst är[6]; se fikt in'n seegröön Oog,
As he nu mit Gewalt är na't Water hendroog.[7]

„Un mien leev' Här, laat't mi torügg' an't Land,
Un mien' gollen Ring legg' if Jo[8] in Hand!“

„„Dien gollen Ring, de will mi nich anstaan;
Upte grön' Acär warstu ni' wedder gaan!““

„To Huns mien Vader un mien' Moder weent,
Daarto mien' leev' Süsters beid' vereent.“

„„Laat weenen to Huns, laat weenen weller will,
Mitten Waterkärl geistu — weß mi[9] still!

„„Laat weenen to Huns, laat weenen weller will:
Up't grön' Land ni' kumstu meer — weß mi still!““

Na d' Floot henin mit sien' Roof[10] he springt,
Un Nüms[11] unf' mni Jda wedder bringt.
   Och, de Ja 's so deep!

---

[1] sie gehen. [2] und wo gehörst du. [3] kein schlimmeres Hausen als meins. [4] da fahren. [5] da kommt kein Sonnenschein hinab. [6] es graus't ihr. [7] sie nach dem Wasser hintrug. [8] Euch. [9] gehst du — sei mir. [10] Raub. [11] Niemand.

Ihk kahn nit ſette. [1]

Mundart des Saterlandes in Oldenburg.
(Niederdeutſch mit zahlreichen altfrieſiſchen Reſten.)

Ihk kahn nit ſette, kahn nit ſtoende [2],
Etter [3] min Allerjowſte wall ihk gounge. [4]
Dehr wall ihk var [5] te Finnſter ſtoende,
Bett dett [6] de Colden etter Bedde gounge.

„Well ſtand der [7] var, well kloppet an,
De mi ſo ſennig apwaatje [8] kahn?"
Dett is de Allerjowſte din,
Schatz, ſtoend nu ap [9], un let mi der in!

„Ihk ſtoende nit ap, lete di der nit in,
Bett dett min Colden etter Bedde ſünt.
Gounge du nu ſout [10] in den grenen Wold
Denn mine Colden ſchlepe bald."

Wo lange ſchell [11] ihk der buten [12] ſtoende?
Ihk ſjo [13] dett Meddenroth [14] ounkume,
Dett Meddenroth, two helle Sterne: —
Bi di, Allerjowſte, ſchlepe ihk jedden. [15]

—   —

1 ſitzen. 2 ſtehen. 3 nach (engl. after). 4 will ich gehen. 5 da will ich vor.
6 bis daß. 7 wer ſteht da. 8 ſinnig aufwecken. 9 ſtehe nun auf. 10 gehe du
nun fort. 11 wie lange ſoll. 12 da draußen. 13 ſehe. 14 Morgenroth. 15 gerne.

Skippers Sankje.

Mundart des Saterlandes.

Forjit my net as bolle Wyntjes waie,
In ik ven 't Roer myn Sankje sjong,
As kröße Weagen 't gledde Skip omaie:
    Forjit my net!

Forjit my net as Millionen Stjerren
In 't frjeunlik Moantje my beskynt,
In dou swiet Droam heft yn e seafte Fjerren:
    Forjit my net!

Forjit my net as wrede Touwerfleagen
My slingerje dear Gob it wol;
As ik ompolskje mei, de Dead foar Eagen:
    Forjit my net!*

---

* Vergiß mein nicht, wenn buhlende Winde wehen,
Und ich vom Ruder mein Liedlein singe,
Wenn gekräußelte Wogen das glatte Schiff umschmeicheln:
    Vergiß mein nicht!

Vergiß mein nicht, wenn Millionen Sterne
Und das freundliche Mondchen mich bescheint,
Und du einen süßen Traum hast in eine sanfte Ferne:
    Vergiß mein nicht!

Vergiß mein nicht, wenn zornige Donnerschläge
Mich schleudern, wohin Gott es will;
Wenn ich umherspähe, den Tod vor Augen:
    Vergiß mein nicht!

Forjit my net as wreed de Stormen byljc
In 't Libben hinget oen ien Trieb;
As wy forslein oen 't Neabton ribe in Fyljc:
   Forjit my net!

Forjit my net as swarte Tommelweagen
Oerstrusesjc it warles Skip,
An alle Elleminten tjeu nes teagen:
   Forjit my net!

Forjit my net as we einling yet forsinke
In tere yn 'e djeppe Se;
Wol den mei Trjinnen om my tinke:
   Forjit my net!*

Mitgetheilt von F. Poppe.
(Globus, 1872, Nr. 12.)

———————

* Vergiß mein nicht, wenn wild die Stürme blasen
Und das Leben hängt an einem Faden;
Wenn wir verschlagen am Nothtau treiben auf den Wellen:
   Vergiß mein nicht!

Vergiß mein nicht, wenn schwarze Tummelwogen
Ueberstürzen das schutzlose Schiff,
Und alle Elemente gegen uns toben:
   Vergiß mein nicht!

Vergiß mein nicht, wenn wir dann versinken
Und verschlungen werden in der tiefen See.
Wolle dann mit Thränen an mich denken:
   Vergiß mein nicht!

Feskerlerd uhn Helgolunner Spröck. [1]

Niederdeutsch mit zahlreichen nordfriesischen Resten.

●

Maak Hast! [2] di Vöerjuar [3] kommt ball uhn,
Satt Alles nä uhn Stann! [4]
Wi stunn dann mä di nayhst Vollmuhn [5],
Kompleet es [6] Feskermann.

Uehs Schlüp [7] eß dann ühp See lihs Hüß;
Keen Lunn [8] tu sin rünn om! [9]
Ball köhm wi freud', ball trurig tüß [10],
Dät Glück spelt om eu dom.

Sknll [11] üß dann Sturmwinn awerfaal
Nä bi ühs Fesken [12] dann,
Mutt wi [13] lihs Mäst van Sayels kahl [14]
Läyt maake [15], es wi kann. [16]

So slicke wi üß [17] uhn die Wall [18],
Es [19] wenn nicks weesen hatt [20],
Wann man nigg jiahn [21] diar staant för pall. [22]
Eu hatt di Seefahrt satt.

—————

[1] in Helgolander Sprache. [2] mach' rasch! [3] das Frühjahr. [4] setzt a[l]
nun in Stand. [5] mit dem nächsten Vollmond. [6] als. [7] unsere Schalup[e]
[8] kein Land. [9] rund um. [10] zu Hause. [11] sollte. [12] nun bei unserm Fisch[en]
[13] müssen wir. [14] unsern Mast von Segeln frei. [15] liegen machen. [16] [wie]
wir können. [17] schleichen wir uns. [18] an die Küste. [19] als. [20] gewesen w[är]
[21] wenn nur nicht einer. [22] dasteht für fest (d. i. nicht mehr fort kan[n]

Dogg hab' wi oftmals Sännschinn ook,
Di Locht[1] dann hell en klar,
Dann eß van Viuhr dogg jiahn so kloot[2]
En kööket[3] Fest üß gar.

Di Wacht wardt apsatt[4]: tau Mann sliahp[5]
Uhn 't Fränner[6], braw en nett;
Di uhr tau[7] dann, es arem Schiahp[8],
Bi 't Ruur en Skwuaten jett.[9]

Dogg eß di Wacht uff[10], Kosse gar,
Dann hitt et[11] awerall:
Nä wenn man jiahrst[12] di Kummen[13] klar,
Dann drink wie alltumal.

Nä kommt di Böhrt uhn üß[14], wi tau[15]
Uhn Ihl tu Koy[16] nä gung[17];
Wi wiar vörhen all aarig flau[18],
Di Tidt wurr itß recht lung.[19]

So wesselt[20] Seefahrt uff en app
Miet Glück, met Freud en Truur;
Dogg hab' wi man üßs Bruad uhn Stapp[21],
Van Quäl[22] eß dann teen Spur.

---

[1] Luft. [2] von vieren doch einer so klug. [3] und kocht. [4] aufgestellt. [5] zwei Mann schlafen. [6] in der Kajüte. [7] die andern zwei. [8] als arme Schafe. [9] bei dem Ruder und Segelschooten sitzen. [10] abgelöst. [11] heißt es. [12] nun fahren nur erst. [13] Tassen. [14] die Reihe an uns. [15] wir zwei. [16] in Eile zur je (zu Bette). [17] nun gehen. [18] schon artig flau. [19] lang. [20] wechselt. [21] im Schranke. [22] Qual.

Di nal' Jungdreng. [1]

Mundart von der Insel Sylt.
Nordfriesisch, mit sehr wenigen niederdeutschen Beimischungen.

Knap wejr if [2] üt min Jungens Elnur [3],
Knap düüsend Weeken nal' [4],
Da kam dit Friien [5] al ön min Sen;
En Brid fuar mi, wejr Nummer Sen. [6]
Ark In' [7] da löp if hiir en dejr [8],
    Hur [9] en Jungsaamen wejr. [10]

Bal' fing if uk dit Jaa san Sen [11];
Man min Moodter wildt ek liid'. [12]
Jü seid [13]: „Min Seen, sortiine jest wat [14];
Din Arwdeel [15] maaked di Knal ek sat. [16]
Wü sen jit di jest sjuurtein Jaar [17]
    Ef tiinet me en Snaar." [18]

Sok Uurder hed if ef hol' jerb [19];
Man wat wejr jir tö dön? [20]
Uetjan tö See wil 't mi da iiw [21],
En sjuurtein Jaar sau Hüs ofbliiw. [22]
Töreck es taumol nö [23] di Tid,
    En if haa jit niin [24] Brid.

---

[1] der alte unverheirathete Seefahrer. [2] kaum war ich. [3] Kinderschuhe[n] [4] Wochen alt. [5] das Freien. [6] eine Braut für mich war Nummer Eins. [7] jede[n] Abend. [8] hier und dorthin. [9] wo. [10] war. [11] bald empfing ich auch das J[a] von einer. [12] wollte es nicht leiden. [13] sie sagte. [14] verdiene erst etwa[s] [15] dein Erbtheil. [16] den Kohl nicht fett. [17] wir sind noch die ersten vierzeh[n] Jahre (d. i. uns ist noch in den ersten vierzehn Jahren). [18] nicht gedient m[it] einer Schwiegertochter. [19] solche Worte hatte ich nicht gerne gehört. [20] hier [zu] thun. [21] fort zur See wollte ich mich da begeben. [22] wegbleiben. [23] zurü[ck] ist zweimal nun. [24] noch keine.

XII.

Niederdeutsch des Elb-, Oder- und Weichselgebietes.

Min Modersprak.

Ditmarscher Mundart.
(Im westlichen Holstein, zwischen Elbe und Eider.)

Min Modersprak, wa klingst du schön!
Wa büst du mi vertrut!
Weer ok min Hart as Stahl un Steen,
Du drevst[1] den Stolt herut.

Du bögst min stiwe Nack so licht,
As Moder mit ehrn Arm;
Du sichelst mi unt Angesicht,
Un still is alle Larm.

Ik föhl mi as en lüttjet Kind,
De ganze Welt is weg.
Du pust[2] mi as en Bärjahrswind[3]
De kranke Boß[4] torecht.

Min Ebbe[5] solt mi noch de Hann'
Un seggt to mi: Nu be![6]
Un „Vaderunser“ fang ik an,
As ik wul fröher de.

Un föhl so deep: dat ward verstan,
So sprickt dat Hart sik ut,
Un Rau[7] vunn Himmel weiht mi an,
Un Allns is wedder gut!

---

[1] triebst. [2] hauchst. [3] Frühjahrswind. [4] Brust. [5] Großvater. [6] bete.
[7] Ruhe.

Min Modersprak, so slicht un recht,
Du ole, frame[1] Red!
Wenn blot en Mund „min Vader" seggt,
So klingt mi 't as en Bed.[2]

So herrli klingt mi keen Musik
Un singt keen Nachtigal;
Mi lopt je glik in Ogenblick
De hellen Thran hendal.

Klaus Groth.

(Quickborn, plattdeutsche Gedichte ditmarscher
Mundart. 11. Auflage.)

____

[1] sanfte.   [2] Gebet.

Orgeldreier.

Ditmarscher Mundart.

If sprung noch inne Kinnerbüx,
To weer if all en Daugenix,
Dat sän of alle Nawers [1] glits:
De Jung dat ward en Slcef. [2]
Wat schert mi all dat Snätersnack!
If sing un dreih min Dudelsack,
Belach den ganzen Rummelpack,
De mi keen Süsselnk [3] gev!

Min Vader schick mi hen na Schol.
If hal mi oft en Puckel vull
Un mak den Rekter splitterndull:
Min Lex [4] den wuß if slech.
Sum sus — dat wull der gar nich 'rin:
If slöck [5] den Kram tum Döwel hin,
En Prester steek der doch nich in!
Mi stunn dat Swart [6] inn Weg.

Min Moder leet [7] mi'n netten Knüll [8]
Vull Wutteln [9] un Kantüffelpüll [10];
Dat weer ehr letzte gude Will:
If schull'n Plantaische grüun. [11]

---

[1] Nachbarn. [2] Schlingel. [3] Sechsling. [4] Lection. [5] fluchte. [6] Schwarze
(Gedruckte). [7] hinterließ. [8] Stück Land. [9] Moorrüben. [10] Kartoffelsträuchen.
[11] gründen.

Harr if man Lust hatt, Gras to mei'n,
Ann Ellbagn ran inne Schit to klei'n[1];
Mitn Sack unime Nack den Rogg to sei'n[2],
So kunn if Goldforns sinn!

Kantüffeln weern der as min Hot,
Un Wutteln as min Been so grot,
Un Dreck to klei'n in Aewerflot —
Dat weer di en Vergnögn!
Min Ol[3] sin Saen de weer ni dumm:
Vunt Arbeidn ward man stif un krumm;
If sett den Knüll in Sülwer um
Un tehr[4] vun min Vermögn.

Juchheisa! in en Reiterbüx!
Bequaste Stewmeln blank in Wichs!
Klar is de Kees[5], de Junker fix!
So gung if denn to Mark.
Klei du in Dreck bet äwern Kopp!
Din Fru sett di en Spint[6] derop,
Un hett se di de Jack ntkloppt,
So humpel du to Kark.[7]

Min Geld is all, min Knüll vertehrt,
De Junker is keen Dreelnk[8] weerth,
Min Knep[9] heff if vun buten lehrt:
Sus sum — de Welt geit rum!
Wat schert mi all dat Rummelpack,
If heff min heel[11] Musik um Nack,
If sing min Leed un mak min Snack
Un dreih min Orgel rum.

K. Groth.

<hr>

Prinzessin.

Ditmarscher Mundart.

Se weer as en Pöppen[1], so smuck un so kleen,
Se seet mi in Schummern[2] to dröm'[3] oppe Kneen,
Se sat mi de Hand un ik strak[4] ehr Gesicht,
Vertell ik er jümmer[5] de ole Geschicht:

„Dar weer en Prinzessin, de seet in en Bur[6],
Harr[7] Haar as en Gold, un seet jümmer un lur[8];
Do keem mal en Prinz, un de hal ehr[9] herut,
Un he war de König un se war de Brut."

Un gau[10] is se wussen, un nu is se grot!
Se sitt mi in Schummern noch still oppen Schot,
Se hollt mi de Hand un ik küß ehr Gesicht,
Vertell ik er jümmer de ole Geschicht:

„Dar weer en Prinzessin, di seet bi en Bur,
Harr Haar as en Gold, un seet jümmer un lur;
Do keem mal en Prinz, un de hal ehr herut;
Un ik bün de König un du büst de Brut!"

K. Groth.

---

[1] Püppchen. [2] in der Dämmerung. [3] zu träumen. [4] streichelte. [5] immer.
[6] Gefängniß. [7] hatte. [8] wartete (lauerte). [9] der holte sie. [10] schnell.

Dünjens.

Titmarscher Mundart.

I.

Jehann, nu spann de Schimmels an!
Nu fahr wi na de Brut!
Un hebbt wie nix as brune Per,
Jehann, so is 't ok gut!

Un hebbt wi nix as swarte Per,
Jehann, so is 't ok recht!
Und bün ik nich uns Weerth sin Sän,
So bün 'k sin jüngste Knecht!

Un hebbt wi gar keen Per un Wag',
So hebbt wi junge Been!
Un de so glückli is as ik,
Jehann, dat wüll wi sehn!

II.

Wi gingn tosam to Feld, min Hans,
Wi gingn tosam to Rau,
Wi seten achtern Disch tosam,
So warn wi old un grau.

Bargop so licht, bargaf so trag,
So menni, menni Jahr —
Un doch, min Hans, noch ebn so leef,
As do in brune Haar.

K. Groth.

He ſä mi so vel.

Ditmarſcher Mundart.

He ſä mi ſo vel, un if ſä em keen Wort,
Un all wat if ſä, weer: Jehann, if mutt fort!

He ſä mi vun Lev un vun Himmel un Eer,
He ſä mi vun allens — if weet ni mal mehr!

He ſä mi ſo vel, un if ſä em keen Wort,
Un all wat if ſä, weer: Jehann, if mutt fort!

He heel mi de Hann[1], un he be mi ſo dull,[2]
If ſchull em doch gut wen, un ob if ni wull?

If weer je ni bös, awer ſä doch keen Wort,
Un all wat if ſä, weer: Jehann, if mutt fort!

Nu ſitt if un denk, un denk jümmer deran,
Mi düch[3], if muß ſeggt hebbn: Wa geern, min Jehann!

Un doch, kumt dat wedder, ſo ſegg if keen Wort,
Un hollt he mi, ſegg if: Jehann, if mutt fort!

K. Groth.

[1] hielt mir die Hand. [2] bat mich ſo toll (d. i. ſo erregt). [3] mir däucht.

Matten Hus'.

Ditmarscher Mundart.

Lütt Matten[1] de Has'
De mak sik en Spaß,
He weer bi 't Studeern
Dat Danzen to lehrn,
Un danz ganz alleen
Op de achtersten[2] Been.

Keem Rein'te de Voß
Un dach: das en Kost!
Un seggt: Lüttje Matten,
So flink oppe Padden?[3]
Un danzst hier alleen
Oppe achtersten Been?

Kumm, lat uns tosam!
Ik kann as de Dam!
De Krei[4] de spelt Fitel,
Denn geit dat canditel,
Denn geit dat mal schön
Op de achtersten Been!

-----

[1] Klein Martin. [2] hintersten. [3] Pfoten. [4] Krähe.

Lütt Matten gev Pot.
De Voß beet en dot;
Un sett sik in Schatten,
Verspis' de lütt Matten;
De Krei de kreeg een
Bun de achtersten Been.

K. Groth.

De Dub.[1]

Ditmarscher Mundart.

Wo is din Vadershus,
Wo is de Port?
„Buten[2], dat Dörp to Enn',
Buten den Ort."

Wo is din Kamerdär,
Wo is din Stuv?
„Baben[3] na 't Finster rop
Rankt sik en Druv.

„Kumm du um Merrennacht,
Kumm du Klock een:
Vader slöppt, Moder slöppt,
Ik slap alleen.

„Kumm anne Käfendär,
Kumm anne Klink:
Vader meent, Moder meent,
Dat deit de Wind."

Baben nan Finster rop
Rankt sik en Druv:
Achter[4] dat Swölkennest[5]
Bu't en witte Duv!

K. Groth.

1 Taube.   2 draußen.   3 oben.   4 hinter.   5 Schwalbennest.

De Kirschbom.

Mecklenburgisch-vorpommersche Mundart.

In Rittermannshagen, dor was mal en Mann,
De läd sik woll hen, üm tau starben,
Un wil nu doch Keiner wat mitnehmen kann,
So let hei sin Kinner dat arben.

So deilt hei sin Hus un sin Hof un sin Feld
Tau gliken Deil för sin Döchter.
„Ok krigt nu en Jeder von Jug[1] glikes Geld
Un de Hälft' von den Goren"[2], so seggt er.

Un kum, dat de Oll verstorben nu was
Un was in Freden begraben,
Dunn[3] rafften de Beiden mit Hast un mit Haß
Dat Arwdeil tausam, as de Raben.

Dat Geld, dat wiird deilt, un de Hofstäd dortau,
Un Kein' von de Beid' was taufreden:
Un as sei sik deilten den Goren genau,
Dunn heww'n sei sik gruglichen streden.[4]

In den middelsten Stig würd' en Kirschbom sin,
Nich rechtsch un nich linksch stunn hei 'ranner.
„Dat's min!" säd de Cellst', „de Kirschbom is min!"
„„Du büst woll nich klauk"", säd de Anner.

<hr>

[1] Euch.   [2] Garten.   [3] da.   [4] greulich gestritten.

Un as nu de Kirschen rip wiren binah,
Dunn wull ok de Oellst' sei sik austen. [1]
„„Herut ut den Bom! Herunner! Ik slah!"“
Rep de Jüngst. „Dat sall Di wat hausten!"

Sei schüllen sik 'rüm un sei sohrten tausam
Un kratzten sik af de Gesichter,
Sei slogen sik krumm un sei slogen sik lahm
Un lepen taulezt nah den Richter.

De Kirschbom, de bläut, de Kirschbom, de drog,
De Avvekaten, de kemen;
Dat Frugensvolk jöhrlich sik wedder slog,
Denn kein von ehr wull sik bequemen.

De Kirschbom, de bläut, de Kirschbom, de drog,
Un jöhrlich gaw't en Getagel [2],
Un wil [3] dat Eine de Annere slog,
Vertehrten de Kirschen de Vagel.

Dat Hus, dat is hen, un die Arwschaft verdahn,
Uem Geld un Gaud sünd sei rümmer;
De Kirschbom is lang all verdrögt un vergahn,
De Strit äwerst wohret noch ümmer.

Fritz Reuter.
(Läuschen un Rimels, plattdeutsche
Gedichte in mecklenburgisch-vorpommerscher
Mundart, 7. Auflage, 1864.)

----

[1] ernten. [2] Prügelei. [3] während.

Wat wull de Kirl?

Mecklenburgisch-vorpommersche Mundart.

Ne, Fiken[1], denk Di, wo 't mi güng! —
As 't gistern an tau schummern[2] füng,
Dunn gah ik hen nah' n Water halen;
Und as ik kam nah unsen Sod[3],
Dunn steiht en Kirl dor, rank un grot,
Un smuck von Kopp bet up de Salen.
  Hei kickt mi an,
  Ik kik em an,
  Hei seggt mi nicks,
  Ik segg em nicks
Un lat min Emmern in den Sod.

Und as de Emmern nu sünd vull,
Und ik nah Hus nu gahen wull,
Dunn kümmt de Kirl — nu denk Di, Fiken! —
Dunn helpt hei mi de swore Dracht
Gang fründlich up un straft[4] mi sacht
Un ward mi in de Ogen kiken.
  Hei kickt mi an,
  Ik kik em an,
  Hei seggt mi nicks,
  Ik segg em nicks
Un nem de Emmern up un gah.

---

[1] Diminutiv von Sophie. [2] dämmern. [3] Brunnen. [4] streichelt.

Un as if gah de Strat hendal[1]
Dunn geit de Kirl — nu denk Di mal! —
An mine Sid entlang de Straten,
Un as if sett min Emmern hen,
Dunn kümmt hei ran un ward mi denn
Ganz leiw in sine Armen faten;
  Ik kik em an,
  Hei kickt mi an,
  Ik segg em nicks,
  Hei seggt mi nicks,
Un if gah wider hen nah Hus.

  Un as if an de Husdör kamm
Un mine Dracht herunner namm
Un set't min beiden Emmern nedder,
Dunn namm hei mi in sinen Arm
Un drückt un herzt un küßt mi warm —
Un denk Di mal — if küßt em wedder.
  Hei kickt mi an,
  Ik kik em an,
  Hei seggt mi nicks,
  Ik segg em nicks,
Dunn kamm uns' Fru taum Hus' herut,
Dunn was dat mit dat Küssen ut. —
  Nu segg mi mal, wat wull de Kirl? —

Fritz Reuter.

[1] der Straße entlang.

De Afgunst.[1]

Mecklenburgisch-vorpommersche Mundart.

De Fisch, de wull'n en König wählen.
Je, wer süll 't sin?
Na, wer am fixsten swemmen künn,
De süll von nu an König spelen
Un in de Ostsee cummandiren! —
Sei sünd denn nu ok alltausamen
Heranne treckt[2] von nah un firn,
Ut Bäk un Strom un Landsee kamen
Tau de, de in de See all wir'n.
Dat Mal würd prickt[3] entlang den Strand
Von Trawemün'n bet Warnemün'n,
Un an de beiden En'n dor stün'n
De Wils un Dösch[4] mit Fahnen in de Hand,
Denn de würd'n dor as Richters stahn,
Dat All'ns mit Rechten tau süll gahn.
De Fohrt geit los, los geit de Jagd.
Wo[5] hett dat Volk sik afmaracht!
Dat jappt un snappt un swabt un spaddelt[6]
Mit Keim[7] un Mul, mit Start un Flott[8],
Un Männigein hett — leiwer Gott! —
Sik richtig bet tau Dod afmaddelt.
So kamen s' gegen Dobberan,
Dunn is dat dörch ehr pustig[9] Reih'n

Denn hen un her mit Fragen gahn:
„Wer is nu vör?" fröggt irst de Ein.
„Wer is nu vör?" fröggt All's tausamen. —
„„De Hiring!"" röppt't von Bören her,
„„De Hiring hett de Spitz un namen!
De Hiring! Hiring! De is vör!
Mit den'n kümmt hüt kein Deuwel mit!"“
„De nakte [1] Hiring?" seggt de Bütt,
Un tog ehr leiwes Mul verquer,
„De nakte Hiring? De is vör?
Nu lik doch mal!" —
Un tog ehr leiwes Mul vör Afgunst dal.
Dunn stödd [2] de Bedklock tau Dobb'ran,
Dunn blew dat Mul ehr schew bestahn.

Fritz Reuter.

[1] nakte, d. i. unbedeutende.   [2] da schlägt.

.

Adjüs, Herr Leutnant!

Mecklenburgisch = vorpommersche Mundart.

In Ludwigslust stunn bi de Granedir
Einmal en Leutnant, Herr von Fink.
Dat was en wohres Krätending,
Obglik de Kirl man keshoch wir.
Na, de let mal Rekruten inexiren
Un let sei rechtsch un linksch marschiren.
Dat Ding sprung allentwegen 'rümmer
Un schreg un kummandirte ümmer,
Un makt dorbi so'n dullen Larm
Un smet un fuchtelt mit de Arm,
Ja, likster Welt[1], grad as so'n Hampelmann,
Un Jeden snanzt dat Dingschen an.
Un: „Rechten, Linken, Speck un Schinken,
Donnerwetter! Eins, zwei, eins, zwei,
Stroh un Heu, Stroh un Heu!
Werst die Bein und reckt die Glieder,
Absatz hoch und Spitzen nieder!"
So schreg dat Ding un kummandirt,
Dat Ein sin eigen Wurt nich hürt.
Un as hei mit de Hauptsak fahrig was,
Nahm hei den einen Kirl sik noch apart
Un slog „mit großer Geistesgegenwart"

---

1 gerabeso (Verstärkung zu „grad as").

Den dummen Bengel hellsch verdwas[1]
Mit dat Gefäß von sinen Degen
Bald unner't Kinn, bald up den Bregen.[2]
De Kirl, dat was en groten Bengel,
So lang un dünn, just, as en Pumpenswengel,
Hei stunn denn ok so grad un stiw,
De Leutnant reift em man an't halwe Liw:
Un't Ding höll doch nich up tau stahn,
De Kirl süll ümmer grader stahn,
De Bost süll 'rut, de Buk süll 'rin;
Bald slog hei'n an de Bein,
Bald stödd hei 'n unner't Kinn.
Doch as hei sach, hei künn't nich wieder[3] driwen,
Dunn säd hei tau den Kirl: „So soll es sein!
So, du Carnallie, so nun steh!" —
„„So sall't nu ümmer stahn hier bliwen?"" —
„So stehst Du mir: Kopf in die Höh',
Die Arme 'ran, auswärts die Füß,
Die Brust heraus, den Bauch herein!" —
„„Na, denn, Herr Leutnant, denn abjüs!
Denn krig k' Sei nimmer mihr tau sein!""

Fritz Reuter.

---

[1] höllisch querüber. [2] Schädel (engl.: brain, Gehirn). [3] weiter.

As ick in dat Hus rin kem.

Mundart der Umgegend von Strelitz.

As ick in dat Hus rin kem,
Juchhe, ne, Herrje!
Da seg ick väle Piir[1] da stan,
Cent, twe, dre.
    O segg mi doch, min leewste Fru —
    „Min Mann, wat wist[2] denn du?"
    — Segg mi, wat sall'n de Piir hier all?
    Segg mi, wat all dat sall!
„So segg mi doch, wo sünt hier Piir?
Segg, bist du reig'n[3] verrückt?
Melkkö[4] sünt et ja,
De mi de Morer[5] schickt."
    Melkkö mit Säbbel? —
    O Wind, o Wind, o Wind!
    Bedragen sünt wi Mannslü'r[6],
    Wo sonne Frugens[7] sind.

Un as ick in den Stall rin kem,
Juchhe, ne, Herrje!
Da seg ick väle Säbel da,
Cent, twe, dre.

---

[1] viele Pferde. [2] willst. [3] rein. [4] Melkkühe. [5] Mutter. [6] betrogen sind wir Mannsleute. [7] solche Frauen.

O segg mi doch, min leewste Fru —
„Min Mann, wat wist denn du?"
— Segg mi, wat fall'n de Säbel all?
Segg mi, wat all dat fall? —
„So segg mi doch, wo Säbel sind?
Mann, bist du reig'n verrückt?
Bratspieß fünt et ja,
De mi de Morer schickt."
Bratspieß mit Trobbeln an?
O Wind, o Wind, o Wind!
Bedragen fünt wi Mannslü'r, .
Wo sonne Frugens sind.

Un as ick up dat Schapp[1] rup seg,
Juchhe, ne, Herrje!
Da seg ick väle Schackos da,
Eent, twe, dre.
O segg mi doch, min leewste Fru —
„Min Mann, wat wist denn du?"
— Segg mi, wat fall'n de Schackos all?
Segg mi, wat all dat fall? —
„So segg mi doch, wo Schackos sind?
Mann, bist du reig'n verrückt?
Melkfatten[2] fünt et ja,
De mi de Morer schickt."
Melkfatten mit Knöpp an?
O Wind, o Wind, o Wind!
Bedragen fünt wi Mannslü'r,
Wo sonne Frugens sind.

Un as ick in de Kammer kem,
Juchhe, ne, Herrje!
Da seg ick väle Mannslü'r da,
Eent, twe, dre.

--- --

[1] Schrank. [2] Milcheimer.

O segg mi doch, min leewste Fru —
"Min Mann, wat wist denn du?"
— Segg mi, wat sall'n de Mannslü'r all?
Segg mi, wat all dat sall!
"So segg mi doch, wo Mannslü'r sind?
Mann, bist du reig'n verrückt?
Quersäck sünt et ja,
De mi de Morer schickt."
Quersäck mit Schnurrbärt?
O Wind, o Wind, o Wind!
Bedragen sünt wi Mannslü'r,
Wo sonne Frugens sind! —

Da haalt ick denn min Stöckschen rut,
Juchhe, ne, Herrje!
Un garwt[1] de Fru den Puckel ut,
Eent, twe, dre!
"So segg mi doch, wat wist denn du?" —
Wat givt, min leewste Fru?
"So segg, wat sall'n de Prügel all?
Segg mi, wat all dat sall?"
So segg mi doch, wo Prügel sind?
Fru, bist du reig'n verrückt?
Leewkosungen sünt dat ja,
De di de Morer schickt!*

[1] gerbte.

* Diesem in mehrern Sprachen und Fassungen vorkommenden Volksliede
liegt eine altschottische Ballade zu Grunde: "Our goodman came hame at
e' en." Eine hochdeutsche Bearbeitung von F. L. W. Meyer ("Ich ging in
meinen Stall, da sah ich, ei ei!") erschien im Göttinger Musenalmanach für
1790. Dieselbe endet:

"Liebkosungen mit Ohrfeigen?
Wind über Wind!
Ich bin ein Weib, Gott beßer's,
Wie andre Weiber sind."

Obiger Text, nach einer Aenderung in der 4. Strophe, ist der von Fir-
menich gegebene (III, 66). Ueber die Herkunft dieses Liedes vgl. "Gegenwart"
(Jahrg. 1874, Nr. 43. 45 und 47).

Märtin, Märtin Vögelken!

Mundart von Stendal in der Altmark.

„Märtin, Märtin Vögelken
Met die vergoldte Flögelken,
Fleeg hoch bes öber'n Wiem[1]:
Morgen is et Märtin;
Märtin is en goden Mann,
De uns All wat gäwen kann.“

(Kinderlied.)

As ick noch en Bengel woar
So von acht bes drüttein Joahr,
Leep ick immer met herüm,
Wenn wi jungen üm un düm:
 Märtin, Märtin Vögelken!

Ach! det was doch goar to schön,
Dörch de ganze Stadt to tehn[2]
Un von Hus to Hus to sing'n,
Dät de Fenstern muchten spring'n:
 Märtin, Märtin Vögelken!

Aeppel gaf et, Nöt[3] un Bärn,
Wat de Kinner äten gärn;
Woar kuum Ener, de nischt gaf,
Sungen wi det Leed äm af:
 Märtin, Märtin Vögelken!

---

[1] Hühnerleiter. [2] ziehen. [3] Nüsse.

Ach! wo is de Tiet so färn,
Krieg det Leed nich mehr to hör'n;
Oder kümmt Mártini ran,
Mücht ick singen noch as Mann:
    Märtin, Märtin Vögelken!

Un dänn mücht ick wädder sind
As vör düssen[1] noch en Kind,
Wußte nüscht von Ploagen doa,
Schweeg ick oder sung ick froh:
    Märtin, Märtin Vögelken!

[1] wie früher.

Wenn man bim Bure deent.

Mundart des Marienburger Werders.

Wenn man bim Bure deent,
Deent man bim Plog [1].
Krecht man 't Jahr eenen Keddel [2], —
Weinich [3] genog!
    Keddel onn keen Knowske [4] dran,
    Buer es keen Aeddelmann,
    Buer es e Buer, Buer blifft e Buer,
    Schälm von Natur!

Wenn man bim Bure deent,
Deent man bim Plog;
Krecht man 't Jahr een Par Stäwle [5] —
Weinich genog!
    Stäwle onn keene Schächttes [6] dran,
    Buer es keen Aeddelmann,
    Buer es e Buer, Buer blifft e Buer,
    Schälm von Natur!

Wenn man bim Bure deent,
Deent man bim Plog;
Krecht man 't Jahr eenen Hot [7] —
Weinich genog!

———

[1] Pflug. [2] Kittel. [3] wenig. [4] Knöpfchen. [5] Stiefel. [6] Schächtchen. [7] Hut.

Hot onn keen Boddemke[1] dran,
Buer es keen Aeddelmann,
Buer es e Buer, Buer bliſt e Buer,
Schälm von Natur!

                                        Volkslied.

----

[1] Boden.

Putthöhnke.

Mundart der Deutschen in Litauen.

Putthöhnke, Putthöhnke,
Wat deist öu onnsen Hoff?
Du plöckst je alle Blohmkes aff,
Du makst et allto groff.
Mamake ward di keise,
Papake ward di schlahn.
Putthöhnke, Putthöhnke,
Wie ward et di ergahn!

Putthöhnke, Putthöhnke,
Hest Blohmkes affgeplöckt,
Dat Blohmke, dat so fründlich kickt,
Dat för wie Honnich rickt.
Nu ös Mamake kurrich,
Papake hett dö Knut;
Putthöhnke, Putthöhnke,
Lop ut den Gaerde rut!

Putthöhnke, Putthöhnke,
Hest je ä Sporn am Been;
Huck di doch opp ä Perdke
Denn böste nich mehr kleen.
Denn kannste gallopäre,
As mancher Rieder deit.
Putthöhnke, Putthöhnke,
Gallopär ut den Gaerde rut!

Op dö gröne Wese.[1]

Mundart der Deutschen in Litauen.

Opp dö gröne Wese,
　Fariromm!
Steit ä Bohm mött Näte[2],
　Fari sara verr Näwelke
　Verr wunderschenet Knäwelke[3],
　　Fari sara saromm!

Wär satt denn da darunder?
　Fariromm!
Dö Lieske, dö junge Jumfer,
　Fari u. s. w.

Wär satt denn da darbi ähr?
　Fariromm!
Dö Kristjahn, dö junge Frieer,
　Fari u. s. w.

Wat sull sö mött[4] dem Pengel?
　Fariromm!
Des ä Mäke wie ä Engel,
　Fari u. s. w.

---

[1] auf der grünen Wiese.　[2] mit Nüssen.　[3] für wunderschönes Knäbelein.
[4] was soll sie mit. ·

Dem wöll wi ähr wechnähme,
 Fariromm!
Dem Michel wöll wi ähr gäwe,
 Fari u. ſ. w.

Wat ſull ſö möt dem Molkebröch [1],
 Fariromm!
Des ä Mäke wie ä Sölwerſtröch,
 Fari u. ſ. w.

Dem wöll wi ähr wechnähme,
 Fariromm!
Dem Friede [2] wöll wi ähr gäwe,
 Fari u. ſ. w.

Dem ſull ſö woll behole,
 Fariromm!
Vom Nicë bös tom Ohle [3],
  Fari ſara verr Näwelke
  Verr wunderſchenet Knäwelke,
   Fari ſara ſaromm!

[1] Molkenbauch.   [2] Gottfried.   [3] vom Neuen bis zum Alten, d. i. immer.

Anke van Tharaw.

Aeltere samländische Mundart, zwischen dem Pregel und dem kurischen Haff.

Anke van Tharaw öß, de my gesöllt,
Se öß mihn Lewen, mihn Goet on mihn Gölt.

Anke van Tharaw heft wedder eer Hart
Op my geröchtet ön Löw' on ön Schmart.

Anke van Tharaw, mihn Rihkdom, mihn Goet,
Du, mihne Seele, mihn Fleesch on mihn Bloet.

Quöm[1] allet Wedder glihk ön ons tho schlahn,
Wy syn gesönnt by een anger tho stahn.

Krankheit, Verfälgung, Bedrösnös on Pihn
Sal unfrer Löwe Vernöttinge[2] syn.

Recht as een Palmen=Bohm äver söck stöcht,
Je mehr en Hagel on Regen anföcht:

So wardt de Löw' ön ons mächtig on groht,
Dörch Kryhtz, dörch Lyden, dörch allerley Noth.

Wördest du glihk een mal van my getrennt,
Leewdest dar, wor öm[3] de Sönne kuhm kennt;

Oeck wöll dy fälgen[4] dörch Wöler, dörch Mär,
Dörch Yhß[5], dörch Ihsen, dörch fihndlöcket[6] Här.

---

[1] käme. [2] Vernietung. [3] wo man. [4] folgen. [5] Eis. [6] feindliches.

Anke van Tharaw, mihn Licht, mihne Sönn,
Mihn Lewen schluht[1] öck ön dihnet henönn.

Wat öck geböde, wardt van dy gedhan,
Wat öck verböde, dat lätstu my stahn.

Wat heft de Löwe dach ver een Bestand,
Wor nich een Hart öß, een Mund, eene Hand.

Wor öm[2] söck hartaget, kabbelt[3] on schleyht,
On glihk den Hungen on Katten begeyht.

Anke van Tharaw, dat war wy[4] nich dohn,
Du böst mihn Dühßke[5], mihn Schahpke, mihn Hohn.[6]

Wat öck begehre, begehrest du ohck,
Leck laht den Rack dy[7], du lätst my de Brohk.[8]

Dit öß, dat, Anke, du söteste Ruh',
Een Lihf on Seele wardt uht öck on du.[9]

Dit mahckt dat Lewen tom hämmlischen Rihk,
Dörch Zanken wardt et der Hellen gelihk.

Simon Dach.
(Gest. Königsberg 1659.)

------

[1] schließe. [2] wo man. [3] zankt. [4] werden wir. [5] Täubchen. [6] Huhn. [7] ich
lasse den Rock dir. [8] „bracca". [9] aus ich und du.

Anhang.

I.

Alt-, Mittel- und Neudeutsch.

Althochdeutsch. 8. Jahrhundert.

Vater unser.

Fater unser thu in himilom bist.
giuuihit [1] si namo thin.
quaemo [2] richi thin.
uuerdhe uuilleo thin,
sama so in himile, endi in erthu.

Broot unseraz emezzigaz [3]
gib uns hiutu.
endi farlaz uns sculdhi unsero
sama so uuir farlazzem scolom unseremi.

Endi ni gileidi unsih in chorunka. [4]
auh irlosi unsih fona ubile.

[1] geweihet. [2] es komme. [3] unaufhörliches (d. i. tägliches). [4] Versuchung.

Altniederdeutsch.   8. Jahrhundert.

Aus dem Hildebrandsliede.

Aelteste deutsche Dichtung, im 8. oder zu Anfang des 9. Jahrhunderts in Nieder=
heffen oder in Thüringen gedichtet. Stabreime.

(Lücken des Originals sind durch *, Auslaffungen unferer Wiedergabe durch †
bezeichnet.)

 1 Ik gihôrta dhat seggen*

 2 dhat sih *ur*hêttun
    *æ*nôn muotin

 3 *H*iltibrant enti *H*adhubrant
    untar *h*erjun tuêm.

 4 *S*unufatarúngôs
    irô *s*aro rihtun,

 5 *g*arutun sê irô *g*ûdhamun,
    *g*urtun sih irô suert ana,

 6 *h*elidôs, ubar *h*ringâ,
    dô siê tô derô *h*iltju *r*itun.

———————————

1 Ich hörte das fagen,

2 Daß sich erhiefen (herausforderten)
  zu Einen Begegnungen (zum Zweikampf)

3 Hiltebrant und Hadubrant,
  unter Heeren zweien.

4 Sohn und Vater,
  ihre Panzer richteten fie,

5 Gerbten (machten bereit) fie ihre Kriegshemden,
  gürteten fich ihre Schwerter an,

6 Die Helden über die Ringe (des Panzers),
  da fie zu dem Gefechte ritten.

7 *H*iltibrant gimahalta:
    (her uuas *hêrôro man*,
8 *ferahes frôtôro*)
    her *frâgêu* gistuont
9 *fôhêm* uuortum,
    huer sîn *fater* uuâri
10 *fireô* in *folche* *
    „eddo huelihhes cnuosles du sis.
11 ibu du mi *œnan* sagês,
    ik mi dê ôdrê uuêt,
12 *chind*, in *chunincriche*:
    chûd ist mi al irmindeot.“

13 *H*adubrant gimahalta,
    *H*iltibrantes sunu,
14 „„dat sagêtun mi
    ûserê liuti,
15 *altê* anti frôtê
    deâ *ér* hina uuârun,

---

7 Hiltebrant sprach
    — er war der hehrere (ältere) Mann,
8 Des Geistes der klügere —
    er zu fragen begann
9 Mit wenigen Worten,.
    wer sein Vater wäre
10 Der Männer im Volke,
    — „oder welches Geschlechtes du seist.
11 Ob du mir Einen sagest,
    ich mir die anderen weiß;
12 Kind, im Königreiche
    kund ist mir all Menschenvolk.“

13 Hadubrant sprach,
    Hiltebrants Sohn:
14 „„Das sagten mir
    unsere Leute,
15 Alte und kluge,
    die eher von hinnen waren (d. i. starben

16   dat *H*iltibrant *hæ*tti mîn fater:
     ih heittu *H*adubrant.

17   Foru her ôstar giuueit,
     (flôh her Ôtachres nîd)

18   hina miti *Th*eotrîhhe,
     enti sînerô *degan*ô filu.

19   Her fur*l*æt in *l*ante
     *l*uttila sitten

20   *p*rût in *b*ûre,
     *b*arn unuuahsan,

21   *a*rbeolaosa:
     her ræt ôstar hina. †

22   Her uuas êo *f*olches at ente:
     imo uuas êo *f*ehta ti leop;

23   *ch*ûd was her *
     *ch*ônnêm mannum.

24   Ni uuânju ih ju lib habbê.*""

25   „*Irmingot*" (quad Hiltibrant)
     „obana ab hevane,

---

16   Daß Hiltebrant hieße mein Vater:
     ich heiße Hadubrant.

17   Vordem er ostwärts zog
     (er floh Ottachers Neid)

18   Von hinnen mit Theotrich
     und seiner Degen viele.

19   Er ließ zurück im Lande
     klein (hilflos) sitzen

20   Die Braut (Frau) im Bauer (Kammer),
     das Geborne (d. i. das Kind) unerwachsen

21   Erbelos;
     er ritt ostwärts von hinnen.

22   — Er war je an der Spitze des Volkes,
     ihm war je Gefecht zu lieb;

23   Kund war er
     kühnen Mannen.

24   Nicht wähne ich, daß er noch Leib (Leben) habe.""

25   „Allwaltender Gott" — sprach Hiltebrant —
     „oben vom Himmel,

26 dat du nêo dana halt
    dinc ni gileitôs
27 mit sus sippan man." *

28 Uuant her dô ar arme
    uuuntanê bougâ,
29 cheisuringû gitân,
    sô imo sê der chuning gap,
30 Huneô truhtîn:
    „dat ih dir it nu bi huldi gibu."

31 Hadubrant gimâlta,
    Hiltibrantes sunu:
32 „„mit gêrû scal man
    geba infâhan,
33 ort widar orte.
    Du bist dir, altêr Hûn,
34 ummet spâhêr;
    spenis mih *
35 mit dinêm uuortun, uuili mih
    dinû sperû uuerpan.

- -

26 Daß du nie mehr hinbann
    Ding nicht geleitest (Kampf nicht führest)
27 Mit so sippem (verwandtem) Mann!"

28 Wand er da vom Arme
    gewundene Buge (Ringe),
29 Aus einem Kaiserringe gethan,
    so ihm sie der König gab,
30 Der Hunnen Herr:
    „daß ich dir es nun mit Huld gebe!"

31 Hadubrant sprach,
    Hiltebrants Sohn:
32 „„,,Mit dem Gere soll man
    Gabe empfangen,
33 Spitze wider Spitze.
    Du bist dir, alter Hune,
34 Unmäßig spähe (schlau),
    spanest (lockest) mich
35 Mit deinen Worten, willst mich
    mit deinem Speere werfen.

36 *P*ist *also* gialtêt man,
    sô du *é*uuin *é*nunit fôrtôs.

37 *D*at sagêtun mi
    sêolidantê

38 *uu*estar ubar *uu*entilsæo,
    dat inân *uu*îc furnam;

39 tôt ist *H*iltibrant,
    *H*eribrantes suno.“‘‘

40 *H*iltibrant gimahalta,
    *H*eribrantes suno: †

41 — „*U*uelaga nu, *uu*altantgot!
    *uu*êuuurt skihit.

42 Ih *uu*allôta sumarô
    enti *uu*intrô sehstic,

43 dâr man mih êo scerita
    in folc sceotanterô, †

44 nu scal mih suâsat chind
    suertû hauuuan,

------ ------

36 Bist also gealteter Mann,
    so du ewigen Betrug führtest.

37 Das sagten mir
    Seefahrende

38 Westwärts über den Wendelsee,
    daß ihn die Schlacht hinwegnahm.

39 Toot ist Hiltebrant,
    Heribrants Sohn.“‘‘

40 Hiltebrant sprach,
    Heribrants Sohn:

41 — „Wehe nun, waltender Gott!
    Weheschicksal geschieht!

42 Ich wallete der Sommer
    und Winter sechzig,

43 Da man mich immer schaarte
    in das Volk Schießender;

44 Nun soll mich mein eigen Kind
    mit dem Schwerte hauen,

45 breton mit sinû billjû,
        eddo ih imo ti banin uuerdan.
46 Doh maht du nu aodlihho,
        ibu dir din ellen taoc,
47 in sus hêremo man
        hrustî giuuinnan,
48 rauba birahanen.
        ibu du dâr ênîc reht habês." * †
49 Dô lættun sê ærist
        asckim scrîtan,
50 scarpên scurim,
        dat in dêm sciltim stônt;
51 dô stôptun tô samane,
        staimbort chlubun,
52 hevuuun harmlicco
        huittê sciltî,
53 unti im irô lintûn
        luttilô uuurtun. *

----

45 Hinbreiten mit seinem Stahle,
        oder ich ihm zum Mörder werden!
46 Doch magst du nun leichtlich,
        ob dir dein Ellen (Kraft) taugt,
47. An so hehrem Manne
        Rüstung gewinnen,
48 Raub erbeuten,
        wenn du dazu einig Recht hast."
49 Da ließen sie erst
        mit den Eschen (die Rosse) schreiten,
50 Mit scharfen Speereisen,
        daß es in den Schilden stand (stecken blieb).
51 Dann stapften sie zusammen;
        die Steinschilde spalteten sich,
52 Sie hieben harmlich (verderblich)
        weiße Schilde,
53 Bis ihnen ihre Linden (Lindenbastschilde)
        klein wurden.

Das Hildebrandslied wird von einigen dem Althochdeutschen zugerechnet. Nach
einer andern Ansicht wurde dasselbe in mitteldeutscher Mundart gedichtet,
während später durch den Schreiber Niederdeutsch in die Handschrift kam.

Altniederdeutsch.   9. Jahrhundert.

Aus dem Heliand.

Altsächsische Evangelienharmonie, von unbekanntem Verfasser in der ersten Hälfte
des 9. Jahrh. in niedersächsischer Mundart gedichtet (Stabreime).

Schilderung des Weltunterganges.

1 An themu *m*âreon daga —
     that wirdid hêr êr an themu *m*ânon skìn
2 jàk an theru *s*unnon sô *s*ame:
     gi*s*verkad siu bêthiu,
3 mid *f*inistre werdad bi*f*angan;
     *f*allad sterron,
4 *h*vit *h*ebentungal,
     endi *h*risid erde.
5 *B*ivôd thius *b*rêde werold.
     wirdid sulikârô *b*ôknô filu:
6 *g*rimmid the *g*rôto sêo,
     wirkid thic *g*ebenes strôm

---

1 An dem berühmten Tage,
     das wird hier zuerst an dem Monde sichtbar werden
2 und an der Sonne ebenso.
     Verdunkelt werden sie beide,
3 mit Finsterniß werden (sie) befangen;
     (es) fallen Sterne,
4 weiße Himmelslichter,
     und es erzittert die Erde.
5 Es bebet diese breite (weite) Welt,
     es erscheinen solche Zeichen viele,
6 es ergrimmet die große See,
     es wirket des Meeres Strom

7 egison mid is ádhiun
  erdbûandiun.
8 Than *thorrôt* thiu *thiod*
  thurh that ge*th*ving mikil,
9 *folk* thurh thea *forhta.*
  than nis *fridu* hvergin,
10 ak wirdid *wig* sô maneg
  obar these *werold* alla
11 *h*etilik af*h*aben,
  endi *h*eri lêdid
12 *k*unni obar ôdar;
  wirdid *k*uningô giwin.
13 *m*eginfard *m*ikil;
  wirdid *m*anagôrô qvalm.
14 open *u*rlagi:
  that is *e*gislik thing,
15 that io sulik *m*ord skulun
  *m*an af*h*ebbien.
16 Wirdid *w*ôl sô mikil
  obar these *w*erold alle,

---

7 Schrecken mit seinen Wellen
  den Erdbewohnern.
8 Dann verdorret das Volt
  durch die Bedrängniß, mächtige,
9 das Volt durch die Furcht;
  dann ist nicht Friede irgendwo,
10 sondern es wird Kampf so viel
  über diese Welt alle
11 gehässig (feindlich) erhoben,
  und Heere führet
12 Ein Geschlecht gegen das andere;
  es wird Königen Wonne (d. i. Kriegsfreude),
13 Heeresfahrt, mächtige;
  es wird Vieler Tod,
14 offener Kampf:
  das ist erschreckliches Ting,
15 daß je solchen Mord sollen
  die Männer erheben.
16 Es wird ein Untergang, so mächtig,
  auf dieser Welt überall,

17 mansterbônô mêst,
     therô the gio an thesâru middilgard
18 svulti thurh suhtî:
     liggiad seokâ man,
19 driosat endi dôiat
     endi irô dag endiad,
20 fulliad mid irô ferahû.
     ferid unmet grôt
21 hungar hetigrim
     obar helidô barn,
22 metigêdeônô mêst:
     Nis that minniste
23 therô wîteô an thesâru weroldi,
     the hêr giwerden skulun
24 êr dômos dage.
     Sô hvan sô gî theâ dâdi giseân
25 giwerden an thesâru weroldi,
     sô mugun gî than te wâran farstanden,
26 that than the lazto dag
     liudiun nâhid

------

17 Männersterben, das größeste,
     derer, die je in dieser Welt
18 hinstarben durch Sucht;
     es liegen sieg die Männer,
19 fallen hin und sterben
     und enden ihren Tag,
20 erfüllt mit ihrem Leben;
     es fährt unmäßig großer
21 Hunger, haßgrimmig,
     über der Helden Geborene (Kinder),
22 Hungersnoth, die größeste.
     Es ist nicht die mindeste
23 der Strafen in dieser Welt,
     die hier werden sollen
24 vor dem Gerichtstage.
     Wenn ihr die Thaten sehet
25 werden in dieser Welt,
     so möget ihr dann in Wahrheit verstehen,
26 daß dann der letzte Tag
     den Leuten nahet,

27 mâri te mannum
    endi maht godes,
28 himilkraftes hrôri
    endi thes hêlagon kumi
29 drohtines mid is diuridun.

- - - --

27 bekannt den Männern,
    und die Macht Gottes;
28 der Himmelskräfte Bewegung
    und der Heiligen Ankunft,
29 des Herrn mit seinen Theuren.

Althochdeutsch. 9. Jahrhundert.

Aus Otfrieds Evangelienharmonie („Krist").

Erste deutsche Dichtung, die statt des Stabreimes den Endreim bringt; ge=
dichtet von dem fränkischen Mönche Otfried zu Weißenburg im Elsaß,
ums Jahr 868.

Südfränkische Mundart.*

* vom nördlichen Rande des Elsaß; „eine der wohllautendsten, die jemals in
Teutschland gesprochen wurden".

Buch I, Cap. I. Cur scriptor hunc librum theotisce dictaverit.

1 Vuas líuto filu in flíze,   in managemo ágaleize,
   sie thaz in scríb gikleibtin,   thaz sie iro námon breittin. †
2 Sar kriachi joh románi   iz máchont so gizámi,
   iz máchont sie al girústit,   so thíh es uuola lústit.
3 Sie máchont iz so réhtaz   joh so filu sléhtaz:
   iz ist gifúagit al in éin   selb so hélphantes béin. †
4 Sie dúent iz filu súazi,   joh mézent sie thie fúazi,
   thie léngi joh thie kúrti,   theiz gilústlichaz uuúrti. †

1 Es waren der Leute (Völker) viele beflissen,   in großem Eifer,
   (Daß) sie in das Schrift befestigten,   durch was sie ihren Namen (Ruhm
                                 ausbreiteten.
2 Sogleich die Griechen und Römer   fügen es in so geziemender Weise,
   sie machen es so gerüstet (geschmückt),   daß dich es wohl erlustet.
3 Sie machen es so richtig   und so viel schlicht,
   es ist gefüget ganz in Eins,   gerade so wie Elfenbein(=arbeit).
4 Sie thun (machen) es viel süße   und sie messen die Füße,
   die Längen und die Kürzen,   daß es annehmlich wurde.

5 Nu iz filu manno inthíhit,   in sína zungun scribit
  joh ílit, er gigáhe,   thaz sínaz io gihóhe:
6 Uuánana sculun fránkon   éinon thaz biuuánkon,
  ni sie in frénkisgon bigínnen,   sie gotes lób singen?
7 Níst si so gisúngan,   mit régulu bithuúngan,
  si hábet thoh thia ríhti   in scóneru slíhti. †
8 Uuil thú thes uuola dráhton,   thu métar uuolles áhton,
  in thina zungun uuirken dúam   joh sconu vérs uuolles
                              dúan:
9 Il io gótes uuillen   állo ziti irfúllen:
  so scribent gótes thegana   in frénkisgon thia regula.
10 In gótes gibotes súazi   laz gángan thine fúazi;
  ni laz thir zít thes ingán: theist sconi vérs sar gidán. †

11 Thaz Krístes uuort uns ságetun   joh drúta sine uns zélitun,
  bifora lázu ih iz ál,   so ih bi réhtemen scal;
12 Uuánta sie iz gisúngun   hárto in édil zungun,
  mit góte iz allaz ríatun,   in uuérkon ouh gizíartun.
13 Theist súazi joh ouh núzzi   inti lérit unsih uuízzi,
  hímiles gimácha: bi thiu ist thaz ánder racha.

---

5 Nun es vielen Männern (Völkern) gelinget,   daß in ihrer Zunge sie schreiben
  und eilen (streben) sie wirksam,   daß das Seine sie erhöhen:
6 Warum sollen die Franken   allein dies unterlassen?
  daß sie nicht in fränkischer Sprache beginnen   Gottes Lob zu singen?
7 Ist sie nicht so gesungen (d. i. eingesungen),   mit Regeln bezwungen (gebildet),
  so hat sie doch die Richtung darauf hin   in schöner Schlichtheit.
8 Willst du darnach wohl trachten,   daß du ein Metrum willst beachten,
  in deiner Zunge wirken rühmliche That,   und schöne Verse willst machen:
9 Dann strebe stets Gottes Willen   allezeit zu erfüllen,
  so schreiben Gottes Degen (die Evangelisten)   im Fränkischen die Regel (vor).
10 Auf Gottes Gebotes Süße   laß gehen deine Füße,
  nie laß dir die Zeit dazu entgehen: da ist (sind) schöne Verse sogleich
                         gemacht!

11 Was Christi Worte uns sagten   und seine Trauten uns erzählten,
  voran lasse ich das durchaus (d. h. es ist mir das Höchste),   wie ich mit
                         Recht soll.
12 Denn sie haben es gesungen   in sehr edeln Zungen,
  mit Gott es alles berathen,   durch Werke auch gezieret.
13 Da ist Süße und auch Nutzen,   und lehret uns Witz (Weisheit),
  Seligkeit des Himmels: darum ist das (ein) ander Ding.

14 Ziu sculun fránkon, so ih quád,   zi thiu éinon uuesan
                                       úngimah,
   thie líutes uuiht ni duáltun,   thie uuir hiar óba zaltun?
15 Sie sint so sáma kuani,   sélb so thie románi,
   ni thárf man thaz ouh rédinon,   thaz kríachi in thes
                                      giuuídaron.
16 Si éigun in zi núzzi   so sámalicho uuízzi;
   in félde joh in uuálde   so sint sie sáma balde;
17 Ríchiduam ginúagi,   joh sint ouh fílu kuani:
   zí uuáfane snelle   so sínt thie thégana alle.
18 Sie búent mit gizíugon,   joh uuarun io thes giuuón,
   in gúatemo lánte: bi thiu sint sie únscante. †
19 Sie sint filu redje   sih fíanton zirretinne.
   ni gidúrrun sies bigínnan: sie éigun se ubaruuúnnan. †
20 Nist líut, thaz es bigínne,   thaz uuidar ín ringe:
   in éigun sie iz firméinit,   mit uuáfanon gizéinit.
21 Sie lértun sie iz mit suérton,   náles mit then uuórton;
   mit spéron filu uuásso: bi thiu fórahten si se nóh so. †
22 Nist untar ín, thaz thúlte,   thaz kúning iro uuálte,
   in unórolti nihéine,   ni si thíe sie zugun héime. †

----

14 Weßhalb ſollen die Franken, wie ich ſagte,   dazu allein ſein untauglich,
   die hinter keinem der Völker in nichts zurückblieben,   die wir hier oben
                                      aufzählten?
15 Sie ſind eben ſo kühn,   ebenſo wie die Römer;
   nicht darf man das auch reden (behaupten)   daß Griechen ihnen deß
                                      widerſprechen.
16 Ihnen eignet, ihnen zu nütze,   eben ſolcher Witz (Verſtand);
   Im Felde und im Walde   ſind ſie eben ſo bald (kühn).
17 Reichthum genug, und ſind auch viel kühn,
   zu den Waffen ſchnell: ſo ſind die Degen alle.
18 Sie wohnen mit Gezeug (Kriegsgeräthen)   und waren von je das gewohnt,
   in gutem Lande;   deßhalb ſind ſie ohne Schande.
19 Sie ſind viel raſch,   ſich von Feinden zu erretten,
   nicht dürfen die es beginnen: und ſie haben ſie überwunden.
20 Kein Volk iſt, daß es beginne,   daß es wider ſie ringe;
   ihnen haben ſie es zu erkennen gegeben,   mit Waffen es gezeiget.
21 Sie lehrten ſie es mit dem Schwerte,   nicht mit Worten,
   mit Speeren, gar ſcharf: deßhalb fürchten ſie ſie noch ſo.
22 Keiner iſt unter ihnen, der es bulde,   daß ein König ihrer walte,
   in der Welt nicht einer,   als die, die ſie zogen in der Heimat.

23 Er ist gizál ubar ál,   io so édil thegan scál,
   uuíser inti kúani: thero éigun se ío ginúagi. †
24 Ni sínt thie imo ouh derjen,   in thiu nan fránkon uuerjen,
   thie snélli sine irbiten,   thaz síe nan umbiriten.
25 Uuanta állaz, thaz sies thénkent,   siez al mit góte uuir-
                                    kent;
   ni dúent sies uuíht in noti   ána sin girati. †

26 Nu nuill ih scríbau unser héil,   evangéljono deil,
   so uuír nu hiar bigúnnun,   in frénkisga zungun;
27 Thaz sié ni uuesen éino   thes selben ádeilo,
   ni man in íro gizungi   Kristes lób suugi;
28 Ioh er ouh íro uuorto   gilóbot uuerde hárto,
   ther sie zímo holota,   zi gilóubon sinen ládota. †
29 Nu fréuuen sih es álle,   so uuer so uuóla uuolle
   joh so uuér si hold in múate   fránkono thíote:
30 Thaz uuir Kríste sungun   in únsera zungun,
   joh uuír ouh thaz gilébetun,   in frénkisgon nan lóbotun.

---

23 Er ist erzählt (besprochen, gefeiert) überall,   wie solch edel Degen soll,
   weiße und kühn;   solcher haben sie stets genug.
24 Nicht sind, die ihm auch schaden,   weil ihn Franken wehren (vertheidigen),
   seine Kühnheit sie erwarten,   daß sie ihn umreiten.
25 Denn alles, was sie denken,   mit Gott sie alles wirken;
   nie thun sie es nicht, nothwendiger Weise,   ohne seinen Rath.

26 Nun will ich schreiben unser Heil,   der Evangelien einen Theil,
   so wir nun hier begonnen   in fränkischer Zunge;
27 Damit nicht sie seien allein   des selben untheilhaftig,
   daß niemand in ihrer Zunge   Christi Lob sänge;
28 Sondern er durch ihre Worte   gelobet werde hart (sehr innig),
   der sie zu ihm holete,   zu seinen Gläubigen sie lud.
29 Nun mögen freuen sich dessen Alle,   so jemand wohl es wollte,
   und so jemand hold ist im Gemüthe   fränkischem Volke;
30 daß wir Christus gesungen   in unserer Zungen,
   und wir auch das erlebten,   auf Fränkisch ihn lobten.

Altniederdeutsch.   10. Jahrhundert.

Zwei Segen.
Wiener Handschrift, Hehne, Altniederd. Denkm. 88.)

I.

Visc flôt aftar uuatare,
verbrustun sîna vetherun:
thô gihêlida ina úse druhtin.
   The selvo druhtin,
thie theua visc gihêlda,
gihêle that hers theru spuriheltî.   Amen.

II.

Gang ût, nesso, mid nigun nessiklinon,
   ût fana themo marge an that bên,
   fan themo bêne an that flêsg,
   ût fan themo flêsge an thia hûd,
   ût fan thera hûd an thesa strâla.
   Drohtin, uuerthe sô!

———   ———

I.

Der Fisch floß (schwamm) dem Wasser entlang,
Zerbarsten seine Federn (Flossen)
Da heilte ihn unser Herr.
   Derselbe Herr,
Der den Fisch heilte
Heile das Roß vom Lahmen.

II.

Geh' aus, Wurm, mit neun Würmlein,
   Aus von dem Marte an den Knochen,
   Von dem Knochen an das Fleisch,
   Aus von dem Fleische an die Haut,
   Aus von der Haut an dieses Rohr.
      Herr, es geschehe so!

———   ———

Althochdeutsch.   10. Jahrhundert.

Altheidnisches Zauberlied.

(Merseburger Handschrift. Wackernagel, Lesebuch). 197.

Thüringische Mundart.

1 *Phol* ende Uuodan
   vuorun zi holza.
2 du uuart demo Balderes volon
   sin ruoz birenkit.
3 thu biguolen *Sinthgunt*,
   Sunna era suister.
4 thu biguolen *Friia*,
   Volla era suister.
5 thu biguolen *Uuodan*,
   so he *uuola* conda,
6 sose *b*enrenki,
   sose *b*luotrenki,
7 sose *l*idirenki*

————————

1 Fol (Balder) und Wodan
   fuhren zu Holze.
2 Da ward dem Balders Fohlen
   sein Fuß verrenket .
3 Da besang (besprach) ihn Sinthgunt
   (und) Sunna, ihre Schwester,
4 Da besprach ihn Frija
   (und) Volla, ihre Schwester,
5 Da besprach ihn Wodan,
   so er wohl kundig war,
6 Sowohl die Beinverrenkung,
   wie die Blutverrenkung,
7 Wie die Gliedverrenkung.

8 ben zi bena,
  bluot zi bluoda,
9 lid zi geliden,
  sose gelimida sin.

---

8 Bein zu Beine,
  Blut zu Blut,
9 Glied zu Gliedern,
  als ob sie geleimt wären.

Althochdeutsch. 12. Jahrhundert.

Segen.

Schwäbische Mundart.

(Handschrift zu Stuttgart. Wackernagel, Lesebuch, S. 431.)

1 Ic dir nach sihe,
   ic dir nach sendi

2 mit min *funf fingirin*
   funui undi *funfzic* engili.

3 Got mit gisundi
   heim dich gisendi!

4 offin si dir diz sigi dor;
   sami si dir diz seldi dor!

5 bislozin si dir diz *wagi* dor;
   sami si dir diz *wafindor!*

---

1 Ich dir nach sehe,
   ich dir nach sende

2 Mit meinen fünf Fingern
   fünf und fünfzig Engelein.

3 Gott mit Gesundheit
   heim dich sende!

4 Offen sei dir das Siegesthor,
   ebenso sei dir das Glücksthor!

5 Verschlossen sei dir das Wogenthor,
   ebenso sei dir das Waffenthor!

Mittelhochdeutsch.   13. Jahrhundert.

Lieder von Walther von der Vogelweide.

I.

Ir sult sprechen willekomen:
der iu mære bringet[1], daz bin ich.
Allez, daz ir habt vernomen,
daz ist gar ein wiut: nû fråget mich.
Ich wil aber miete[2]:
wird mîn lôn iht guot,
ich sage iu vil lihte, daz iu sanfte tuot.
seht, waz man mir êren biete.

Ich wil tiuschen[3] frouwen sagen
solhiu mære, daz si deste baz
Al der werlte suln behagen;
âne[4] grôze miete tuon ich daz.
Waz wold ich ze lône?
si sint mir ze hêr;
so bin ich gefüege und bite si nihtes mêr,
wan daz si mich grüezen schône.

Ich hân lande vil gesehen
unde nam der besten gerne war:
Übel müeze mir geschehen,
kunde ich ie mîn herze bringen dar,

___

daz im wol gevallen
wolde fremeder site.
nû waz hulfe mich, ob ich unrehte strite?[1]
Tiuschiu zuht gât vor in allen.

Von der Elbe unz an den Rîn
und her wider unz[2] an Ungerlant,
sô mugen wol die besten sîn,
die ich in der werlte hân erkant.
Kan ich rehte schouwen
guot gelâz[3] unt lip,
sem mir got, sô swüere ich wol, daz hie diu wip
bezzer sint, danne ander frouwen.

Tiusche man sint wol gezogen,
rehte als engel sint diu wip getân.
Swer si schiltet, derst betrogen,
ich enkan sin anders niht verstân.
Tugent und reine minne,
swer die suochen wil,
der sol komen in unser lant: da ist wünne[4] vil:
lange müeze ich leben dar inne!

II.

Under der linden
an der heide,
da unser zweier bette was,
da muget ir vinden
schône beide
gebrochen bluomen unde gras.
Vor dem walde in einem tal
    tandaradei,
schône sanc diu nahtegal.

---

[1] unrecht stritte (Unwahres sagte). [2] und wieder zurück bis. [3] Gestalt, Ansehen. [4] Wonne.

Ich kam gegangen
zuo der ouwe[1],
dô was mîn Friedel komen ê.
dâ wart ich enpfangen
hêre frouwe,
daz ich bin saelic iemer mê[2].
kuster mich? wol tûsentstunt:
    tandaradei,
seht wie rôt mir ist der munt.

Do het er gemachet
alsô rîche
von bluomen eine bettestat.
des wirt noch gelachet
inneclîche,
kumt iemen an daz selbe pfat.
bî den rôsen er wol mac
    tandaradei,
merken, wâ mirz houbet lac.[3]

Daz er bî mir læge,
wessez iemen[4]
(nu en welle got!), sô schamt ich mich.
wes er mit mir pflæge,
niemer niemen
bevinde daz, wan er unt ich,
und ein kleinez vogellin.
    tandaradei,
daz mac wol getriuwe sîn.

---

[1] Aue. [2] (iemer mêre) immer. [3] wo mir das Haupt lag. [4] jemand.

III.

Wol mich der stunde, daz ich si erkande,
diu mir den lîp und den muot hât betwungen,
  Sit deich die sinne sô [1] gar an si wande,
der si mich hât mit ir güete verdrungen. [2]
  Daz ich von ir gescheiden niht enkan,
daz hât ir schœne und ir güete gemachet,
und ir rôter munt, der sô lieplîchen lachet.

Ich hân den muot und die sinne gewendet
an die reinen, die lieben, die guoten.
  Daz müez uns beiden wol werden volendet [3],
swes ich getar an ir hulde gemuoten. [4]
  Swaz ich fröiden zer werlte ie gewan,
daz hât ir schœne und ir güete gemachet,
und ir rôter munt, der sô lieplichen lachet.

---

[1] so ganz. [2] von denen sie mich hat durch ihre Güte hinweggedrängt (deren sie mich beraubt hat). [3] zu gutem Ende kommen. [4] was ich darf von ihrer Huld erwarten.

Mittelniederdeutsch.   15. Jahrhundert.

De seben broude[1] unser leben brouwen.

Mundart von Bremen.

Vrouwe dy[2], Maria, eddele vrucht[3],
dyner groten ere unde juncfrouweliken tucht[4],
dattu byst in werdicheyt[5] clar
vorhoget boven[6] alle der engel schar.

Vrouwe dy, juncfrouwe Maria, godes brut,
negest gode[7] dat alder hogeste[8] gud,
also de sunne der werlt gyft eren schyn,
also is de hemmele vorluchtet[9] myt der clarheyt dyn.

Vrouwe dy, Maria, en vath vul[10] aller ere,
dat Christus, dyn sone unde dyn here,
unde syn hilligen alghemeyne[11]
al synt se dy underdan unde eren dy, juncfrouwe reyne.

Vrouwe dy, Maria, dat godes wille unde dyn[12]
nummer twydrachtich syn[13];
wat du byddest unde hevest gebeden[14],
des bystu alle tyd getweden.[15]

---

[1] die sieben Freuden. [2] freue dich. [3] edler Sproß. [4] Zucht, Sitte. [5] Würdigkeit. [6] erhöhet über. [7] nächst Gott. [8] allerhöchste. [9] erleuchtet. [10] Gefäß voll. [11] insgesammt. [12] und der deine. [13] nimmer zwieträchtig sind. [14] hast gebeten. [15] gewährt.

Vrouwe dy, Maria, aller creaturen ene crone,
dat god na dynen willen gyfft to lone
alle den, de dy denen vlytliken [1],
tydtlik [2] gud unde eyn ewych ryke.

Vrouwe dy, Maria, eyn spegel der otmodicheyt [3],
dattu sittest negest der hilligen drevaldicheyt
unde byst gecledet myt dyneme licham [4] clar,
des nemen alle de hilligen war.

Vrouwe dy, Maria, dat dyn grote werdicheit
bliven schal in ewycheit,
unde du byst seker unde wys [5],
dat dyner vroude nummer nen [6] ende ys.

(Aus einem Bremer Gebetbuch, mitgetheilt von
Lübben, Mittelniederd. Ged., 20.)

----

[1] allen denen, die dir dienen fleißig. [2] zeitlich. [3] Spiegel der Demuth.
[4] Leibe. [5] sicher und gewiß. [6] nimmer kein.

Neuhochdeutsch. 16. Jahrhundert.

Ain new lied herr Ulrichs von Hutten.

(gedichtet 1521.)

— Von warhait ich wil nimmer lan,
Das sol mir bitten ab kain man,
auch schafft, zu schrekken mich, kain wehr,
kain ban, kain acht, wie fast und sehr
man mich damit zu schrekken maint.
Obwol main frumme mutter weint,
da ich die sach het gfangen an:
got wöll sie trösten, es muss gahn;
und sollt es brechen auch vor'm end,
wils got, so mags nit werden gwendt,
darumb wil brauchen füss und händ:
    Ich habs gewagt!

(Hutten im Vorworte zur Verdeutschung
seiner Dialogi, 1520.)

Ich habs gewagt mit sinnen
und trag des noch kain rew,
mag ich nit dran gewinnen,
noch muss man spüren trew;
  dar mit ich main   nit aim allein,
wen man es wollt erkennen:
  dem land zu gut,   wie wol man tůt
ain pfaffenfeint mich nennen.

Da lass ich jeden liegen [1]
und reden was er wil;
het warhait ich geschwigen,
mir wären hulder vil:

—— ——————————

[1] lügen.

nun hab ichs gsagt,   bin drumb verjagt,
das klag ich allen frummen,
  wie wol noch ich   nit weiter flich,
villeicht werd wider kummen.

Umb gnad wil ich nit bitten,
die weil ich bin on schult;
ich het das recht gelitten,
so hindert ungedult
  dass man mich nit   nach altem sit
zu ghör hat kummen lassen;
  villeicht wils got   und zwingt sie not
zu handlen diser massen.

Nun ist oft diser gleichen
geschehen auch hie vor
dass einer von den reichen
ain gutes spil verlor,
  oft grosser flam   von fünklin kam,
wer waiss ob ichs werd rechen!
  stat schon im lauf,   so setz ich drauf:
muss gan oder brechen!

Wil nun ir selbs nit raten
dis frumme nation,
irs schadens sich ergatten
als ich vermauet han,
  so ist mir laid;   hie mit ich schaid,
wil mengen bass die karten,
  bin unverzagt,   ich habs gewagt
und wil des ends erwarten.

Ob dan mir nach tut denken
der curtisanen list:
ain herz last sich nit krenken,
das rechter mainung ist;

ich waiss noch vil[1],   wöln auch ins spil
und soltens drüber sterben:
    auf landsknecht gut   und reuters mut,
Lasst Hutten nit verderben!

---

[1] Viele.

Neuhochdeutsch.   16. Jahrhundert.

M. Luther.

Der 46. Psalm.

(Deus noster refugium et virtus), gedichtet 1530.

Ein feste burg ist unser gott,
ein gute wehr und waffen,
er hilft uns frei auss aller not,
die uns itzt hat betroffen;
der alt böse feind
mit ernst ers itzt meint,
gross macht und viel list
sein grausam rüstung ist,
auf erd ist nicht seins gleichen.

Mit unser macht ist nichts getan,
wir sind gar bald verloren,
es streit für uns der rechte man,
den gott hat selbs erkoren.
fragstu wer der ist?
er heisst Jesus Christ,
der herr Zebaoth,
und ist kein ander gott,
das feld muss er behalten.

Und wenn die welt vol teufel wer
und wolt uns gar verschlingen,
so fürchten wir uns nicht so ser,
es soll uns doch gelingen;

der fürst dieser welt
wie saur er sich stelt
tut er uns doch nicht,
das macht: er ist gericht,
ein wörtlein kan in fellen.

Das wort sie söllen lassen stan
und kein dank dazu haben,
er ist bei uns wol auf dem plan
mit seinem geist und gaben;
nehmen sie den leib,
gut, er, kind und weib:
lass faren dahin!
sie habens kein gewin,
das reich muss uns doch bleiben.

Neuniederdeutsch. 16. (?) Jahrhundert.

Nu vall, du rip.[1]

(Oldenburgisch?)

Nu vall, du rip, du kolde schne,
Und vall up minen voet![2]
Dat megtlin is aver hundert mile[3]
Und dat mi werden moet.

Ick quam to leves kemerlin,
Ick mende ick wer allein,
Do quam de hertallerleveste min
Wol to der dör henin.

Got gröte di, min fines lef!
Wo steit unser beider sak?[4]
Ick set an dinen brunen öglin wol.
Du drechst grot ungemak.

Die sünne is vorblicket[5],
Is nümmer so klar alse vörn:
It is nicht ein halves jar,
Als ick se erst lef wan.

Wat schal mi denn min fines lef,
Wenn se nicht danzen kan?
Wo ick se denn tom danze vöer,
Dar spottet min iderman.

----

[1] Reif. [2] Fuß. [3] über hundert Meilen. [4] wie steht unser beider Sache.
[5] verbleichet.

Wol wil mi [1] helpen truren,
De richte dre vinger up!
Ick sehe vel vinger und weinich truren,
Adde! ick far darhen.

----

[1] wer will mir.

Neuhochdeutsch. 17. (?) Jahrhundert.

Die röslein sind zu brechen zeit.

Die röslein sind zu brechen zeit,
Derhalben brecht sie heut!
Und wer sie nicht im sommer bricht,
Der brichts im winter nicht.

Und brichst du sie im sommer nicht,
Das rewet dich, ja dich;
Es get ein frischer sommer herein,
Dasselbig frewet mich.

Der sommer bringt uns kühlen taw
Ins grüne gras, ja gras;
Wär ich bei meinem feinen lieb,
So wär mir desto bass.

„Wilt du zu mir, saum dich nicht lang
In diesem zil, ja zil!
Es get ein frischer sommer herein,
Bringt uns der röslein vil."

Da brachen sie der röslein vil
Mit grosser frewd, ja frewd;
Wolauf mit mir, brauns mägetlein!
Es ist iezt an der zeit.

Sie brachen in[1] der röslein ab
Zu einem kranz, ja kranz,
Sie g'lobten einander trew und er[2].
Das macht ir lieb erst ganz.

Wer ist der uns das liedlein sang
Auss freiem mut, ja mut?
Das tet eins reichen bauren son,
War gar ein junges blut.

---

[1] ihnen (sich). [2] Ehre.

Neuhochdeutsch.

Stand ich auf hohem Berge.

Stand ich auf hohem Berge,
Sah in den tiefen Rhein,
Sah ich ein Schifflein schweben,
                    schweben,
Viel Ritter tranken d'rein.

Der jüngste von den Rittern
Hob auf sein roemisch Glas,
Thaet mir damit zuwinken,
                    winken:
Feinslieb, ich bring' dir das!

Was thust du mir zuwinken,
Was bringst du mir den Wein?
Ich muss in's Kloster gehen,
                    gehen,
Muss Gottes Dienerin sein.

Des Nachts wohl um die halbe Nacht
Traeumt' es dem Ritter schwer,
Als wenn sein herzallerliebster Schatz,
                    allerliebster Schatz
In's Kloster gangen wär'.

Mir traeumt', ich haett' eine Nonn' gesch'n,
Ich trank ihr zu mein Glas;
Sie ging nicht gern in's Kloster,
       Kloster,
Ihre Augen waren nass.

Halt' an, halt' an dem Klosterthor',
Ruf' mir mein Lieb heraus!
Da kam die aeltste Nonne —
       Nonne!
„Mein Lieb soll kommen heraus!"

Kein Feinslieb ist hierinnen,
Kein Feinslieb kommt heraus!
„Und ist kein Feinslieb drinnen,
       drinnen,
So steck' ich an das Haus!"

Da kam Feinslieb gegangen,
Schneeweiss war sie gekleid't:
Mein Haar ist abgeschnitten,
    .   geschnitten,
Leb' wohl in Ewigkeit!

Er vor dem Kloster niedersass,
Sah in das tiefe Thal,
Thaet ihm sein Glas zerspringen,
       zerspringen,
Zerspringen auch sein Herz.

II.

Germanische Sprachen.

I. Gothiſch.

Aus Ulfila's Bibelüberſetzung,

dem älteſten germaniſchen Sprachdenkmale (4. Jahrhundert — um
360 bis 380).

Atta unsar thu in himinam,
2 veihnai namo thein.
 qvimai thiudinassus theins.
4 vairthai vilja theins,
 sve in himina, jah ana airthai.

6 Hlaif unsarana thana sinteinan
 gif uns himma daga.
8 jah aflet uns thatei skulans sijaima,
 svasve jah veis afletam thaim skulam unsaraim.

10 Jah ni briggais uns in fraistubnjai.
 ak lausei uns af thamma ubilin.

——— ———

Vater unſer, du in den Himmeln,
2 es werde geweihet Name dein;
 es komme Herrſchaft dein;
4 es werde Wille dein,
 wie in dem Himmel, auch über (auf) der Erde.

6 Brot unſeres, dieſes fortwährende,
 gib uns an dieſem Tage,
8 und ablaſſe uns, was Schuldiger wir ſeien,
 ſo auch wir ablaſſen dieſen Schuldigen unſeren.

10 Und nicht bringeſt uns in Verſuchung,
 ſondern löſe uns ab dieſem Uebel;

12 unte theina ist thiudangardi,
    jah mahts, jah vulthus, in aivins.
    Amen.

---

12 denn dein ist das Reich
    und die Macht und die Herrlichkeit, in Ewigkeit
    Amen!

II. Nordische Sprachen.

Das Lied von Olafur Liljuros.*

Altisländisch (norwegisch etwa des 15. Jahrhunderts).

* Vers 2 und 4 sind Kehrreime, die sich in jeder Strophe wiederholen.
(Firmenich, Germ. Völkerstimmen, III, 829.)

1 Olafur reid med björgum fram,
   — randur loginn brann —
hitti fyrir sèr álfa rann.
   — thar lá búinn byrdíng undan björgunum fram.

2 Thar kom út ein álfa mär,
   gulli snúid var hennar hár.

3 Thar kom út hin önnur,
   hèlt á silfurkönnu.

4 Thar kom út hin thridja,
   silfurlinda um sig midja.

---

1 Olaf ritt an den Bergen (Felsen) einher,
   — roth die Flamme brannte —
er fand vor sich der Elfen Haus.
   — Da lag bereit das Fahrzeug unter den Felsen.

2 Da kam heraus eine Elfenjungfrau,
   goldgeflochten war ihr Haar.

3 Da kam heraus die andere,
   hielt auf (empor) eine Silberkanne.

4 Da kam heraus die dritte,
   einen Silbergurt um sich mitten.

5 Thar kom út hin fjórda,
   henni vard skjótt til orda:

6 „Velkominn, Olafur liljurós,
   gakk í búd og drekk hjá oss!"

7 „„Eg vil ei med álfum búa,
   heldur vil eg á gud minn trúa.""

8 „Thó thú vilir med álfum búa,
   samt máttú á gud thinn trúa.

9 „Bídtu mín um litla stund,
   medan eg geng í græna lund."

10 Hún gekk sig til kistu,
   axladi yfir sig skikkju.

11 Hún gekk sig til arkar,
   greip upp saxid snarpa.

12 „Thú munt ei svo hèdan fara,
   ad thú munir oss kossinn spara."

———————

5 Da kam heraus die vierte,
   ihr ward sogleich zum Sprechen:

6 „Willkommen, Olaf Lilienrose,
   gehe in das Zelt und trink' mit uns."

7 „„Ich will nicht mit Elfen wohnen,
   lieber will ich auf meinen Gott vertrauen.""

8 „Dennoch du willst mit Elfen wohnen,
   zugleich magst du auf deinen Gott vertrauen.

9 „Warte du mein eine kleine Weile,
   während ich gehe in grünen Hain."

10 Sie ging sich zur Kiste,
   schulterte über sich einen Mantel.

11 Sie ging sich zur Arche (Truhe),
   griff auf das Schwert, scharfe.

12 „Du wirst nicht so von hinnen gehen,
   daß du werdest uns den Kuß sparen (vorenthalten)."

13 Olafur laut um södulboga,
   kysti hann frú med hálfum huga.

14 Hún lagdi undir hans herdarblad,
   í hjarta rótum stadar gaf.

15 Hún lét honum svída
   sára sax med sídu.

16 Olafur leit sitt hjartablód,
   undir fæti á fola stód.

17 Olafur keyrdi hest med spora,
   svo reid hann til módur dyra.

18 Klappar á dyr med lófa sín:
   „„ljúktu upp ástar-módirin mín!"“

19 „Hvadan komstu sonurinn minn?
   hvernig ertu svo fölur á kinn?

20 „Svo ertu blár og svo ertu bleikur:
   sem thú hafir verid í álfa leik.“

---

13 Olaf beugte sich über den Sattelbogen,
   küßte er die Frau mit halbem Sinne.

14 Sie senkte (das Schwert) unter sein Schulterblatt,
   in des Herzens Wurzeln (ihm) Stelle gab.

15 Sie ließ ihm brennenden Schmerz verursachen
   das Wunden-Schwert in der Seite.

16 Olaf sah sein Herzblut,
   unter dem Fuße des Pferdes es stand.

17 Olaf stieß das Roß mit dem Sporne,
   so ritt er zu Mutters Thüre.

18 Klopft an die Thür mit seiner flachen Hand:
   „„Schließe auf, liebe Mutter mein!"“

19 „Woher kommst du, mein Sohn?
   wie bist du so fahl auf der Wange?

20 „So bist du blau und so bist du bleich,
   gleichwie du seist gewesen in der Elfen Spiel.“

21 „Mèr tjáir ekki ad dylja thig:
álfamärin blekkti mig.

22 „„Módir, ljádu mèr mjúka säng,
systir, ljádu mèr síduband.““

23 Leiddi hún hann í loptid inn,
daudan kysti hún soninn sinn.

24 Thar var meiri grátur en gaman:
— raudur loginn brann —
thrjú fóru lík í steinthró saman.
— thar lá búinn byrdíng undan björgunum fram.

---

21 „„Mir glückt nicht zu verhehlen dir:
die Elfenjungfrau betrog mich.

22 „„Mutter, leihe du mir ein weiches Bett;
Schwester, leihe du mir ein Seitenband (Wundbinde).““

23 Führte sie ihn in das hohe Stockwerk hinein,
todt küßte sie ihren Sohn.

24 Da war mehr Weinen als Freude.
— Roth die Flamme brannte —
Drei fuhren der Leichen in einem Steinsarg zusammen.
— Da lag bereit das Fahrzeug unter den Felsen.

Freier-Kehrreime.

Norwegisch. Rommerige'sche Mundart.

(Firmenich, Germ. Völkerstimmen, III, 925.)

1 Jeg seer dej ut for Gluggen,
    Kjær söte Vennen min!
    Jeg kjender dej paa Skuggen,
    Du slepper intje inn!
I Kveld jeg glömte naa Kubben aa velte,
Jeg mener du er baade vill og galen,
Som intje kan höyre at Styggen er hime;
    Kjær söte Vennen min!
    Suril, suril, suril, suril, lei!

2 Og Riva ligg' paa Take,
    Kjær söte Vennen min!
    Og Styggen ligg' no vaken,
    Og kom saa intje inn!
I Kveld jeg glömte u. s. w.

---

1 Ich sehe dich draußen vor dem Luftloch,
    Lieber, süßer Freund mein!
    Ich kenne dich am Schatten,
    Du schlüpfest nicht herein!
Heute Abend ich vergaß den Kloß zu wälzen,
Ich meine, du bist sowohl wild als toll,
Welcher nicht kann hören, daß der Garstige (Hausherr) ist zu Hause;
    Lieber, süßer Freund mein!
    Surre, surre, surre, surre, surr!

2 Und die Harfe liegt auf dem Dache,
    Lieber, süßer Freund mein!
    Und der Garstige liegt nun wach
    Und komme dann nicht herein.
Heute Abend ich vergaß u. s. w.

3 Du maakje saa mykje laate,
    Kjær söte Vennen min!
    For Bona intje ska' graate,
    Og kom saa intje inn!
I Kveld jeg glömte u. s. w.

4 Imorra fö' Tuppen galer,
    Kjær söte Vennen min;
    Ligg' Styggen ved Kvenna og maler,
    Da kan du sleppe inn!
I Kveld jeg glömte naa Kubben aa velte,
Je' mener du er baade vill og galen,
Som intje kan höyre at Styggen er hime.
    Hau, hau, Styggen er hime!
    Suril, suril, suril, suril, lei!

— — — — —

3 Du mußt nicht so sehr laut werden,
    Lieber, süßer Freund mein,
    Denn die Kinder nicht sollen weinen,
    Und komme dann nicht herein!
Heute Abend ich vergaß u. s. w.

4 Morgen, bevor der Hahn kräht,
    Lieber, süßer Freund mein,
    Liegt der Garstige zu Bette und schnarcht,
    Dann kannst du schlüpfen herein!
Heute Abend ich vergaß den Kloß zu wälzen,
Ich meine, du bist sowol wild als toll,
Welcher nicht kann hören, daß der Garstige ist zu Hause.
    Ho, ho! der Garstige ist zu Hause!
    Surre, surre, surre, surre, surr!

Kristallen dänn fina.

Schwedisch. Mundart im Kirchspiele Orsa.

(Firmenich, Germ. Völkerstimmen, III, 883.)

Kristallen dänn fina,
Summ solä mänd' stjina,
Summ stärnurna blanka i stjin;

Ig uet av en' flicka,
Rätt ärlig äg kärlig,
Ajt i issu'-jan bim.

Ack unm ui kum til älskogs, Blamma!
Unm du väri nännen männ!
Åg allräkärästan maj!
Färr räda, räda rosur färrdjillande gullskrin!

——— ———

Der Kryſtall, der feine,
Wie die Sonne möchte glänzen,
Wie die Sterne die blinkenden am Himmel.

Ich weiß von einem Mädchen,
Recht ehrlich und liebreich,
Ganz und gar hier in diesem Dorfe.

Ach wenn wir kämen zur Liebe, Blume!
Wenn du wäreſt mein Freund (Freundin)!
Und die Allerliebſte mein,
Für rothe, rothe Roſen ein vergoldender Goldſchrein!

Tänker Däu.

Schwedisch, Mundart auf der Insel Gothland.

(Firmenich, Germ. Völkerstimmen, III, 847.)

Tänker Däu att ja' förloradar jär,
Fast ja' Däjn gunst aj har?
Naj Däu mast varä försäkrä derpa,
Ja' har ä aunänn i wal!
    Så sannt sum 'jär finnes watten u wäjn,
    Så sannt hart Dän warä' aldräkärästen mäjn,
    Sum under himmälenn finns.
Männ nå jär ja' läjkä lustu' u glad
U singar fallära lärallära!

Ja' sär Di' nå, till Ditt besläut,
Ja' will Di' intä ha;
Um Däu o' warst kledar äj forgylländä skräud
U mi' um wännskap ba':

Denkst du, daß ich verloren bin,
Obgleich ich deine Gunst nicht habe?
Nein, du mußt sein versichert dessen,
Ich habe eine Andere in der Wahl.
    So wahr, als hier gefunden wird Wasser und Wein,
    So wahr bist du gewesen die Allerliebste mein,
    Welche unter dem Himmel gefunden wird.
Aber nun bin ich gleich lustig und froh,
Und singe vallera lerallera!

Ich sage dir nun zu deinem Beschluß:
Ich will dich nicht haben.
Wenn du wie auch immer dich kleidest in vergoldenden Schmuck
Und mich um Freundschaft bätest:

Naj ja' swor u säggdä wäl da:
Wännskapi jär nå så langt 'jär ifran,
Att alldri' dänn kumbar 'jär majr!
Männ nå jär ja' läjkä lustu' u glad
U' singar fallära lärallära!

Nein, ich schwüre und sagte wohl dann:
Die Freundschaft ist nun so weit von hier fort,
Daß niemals sie kommt hierher mehr!
Aber nun bin ich gleich lustig und froh
Und singe vallera lerallera!

Den norske Qvinde.

Dänisch. (Schriftsprache.)

1 Man priser bestandig det norske Fjeld,
    Og det er vel værdt at ære;
    Men Steen er Steen alligevel,
    Hvor stor den end maa være.
    Ret gjerne jeg stiger med lystigt Mod
    Til Fjeldets överste Tinde,
    Men heller jeg dvæler dog ved dets Fod,
    Thi der er den norske Qvinde.

2 Og det er min Tro, at Alt hvad Smukt
    Et Lands Natur har igjemme,
    Det bærer i Folkets Hjerte Frugt,
    Det klinger i Folkets Stemme;

Das nordische Weib.

1 Man preist beständig das nordische Gebirg,
    Und das ist wohl werth zu ehren;
    Aber Stein ist Stein gleichwohl,
    Wie groß er auch mag sein.
    Recht gern ich steige mit lustigem Muth
    Zu des Gebirges obersten Zinnen,
    Aber lieber ich weile doch bei dessen Fuß,
    Denn da ist das nordische Weib.

2 Und das ist mein Glaube, daß Alles, was schön
    Eines Landes Natur hat in Verwahrung,
    Das trägt in des Volkes Herzen Frucht,
    Das klingt in des Volkes Stimme;

I kraftige Træk, men spredt og vildt
  Hos Mændene man det finder,
  Men samlet i Krands, harmonisk og mildt,
  Hos Landets ypperste Qvinder.

3 Og derfor, skjöndt kjær er mig Granens Duft
  Og Skyggen af Birkens Kroner,
  Skjöndt gjerne jeg indsuger Fjeldtoppens Luft
  Og lytter til Fossens Toner,
Saa vil jeg dog heller paa Eventyr gaae,
  Hvor Alt er samlet at finde,
  Og granske det Norge i det Smaa,
  Som boer i den norske Qvinde.

4 Livstræt og mödig herop jeg treen
  At qvæges i Norges Sommer,
  Jeg Lægedom sögte hos Fjeldets Steen
  Og fandt den hos Dalens Blommer;
Og Glæden, jeg nöd paa denne Plet,
  Det Hjem, de her lod mig finde,
  Har gjort mig det kjært, har gjort mig det let
  At prise den norske Qvinde.

C. Hostrup.

In kräftigen Zügen, doch zerstreut und wild
  Bei Männern man das findet,
  Aber gesammelt im Kranze, harmonisch und mild
  Bei des Landes obersten (trefflichsten) Frauen.

3 Und deßhalb, obschon lieb ist mir der Fichte Duft
  Und der Schatten von der Birken Kronen,
  Obschon gern ich einsauge der Bergspitze Luft
  Und lausche des Wasserfalles Tönen,
So will ich doch lieber auf Abenteuer gehen,
  Wo Alles ist gesammelt zu finden
  Und suchen Norwegen im Kleinen ("en miniature"),
  Welches wohnt in dem nordischen Weibe.

4 Lebensmüde und matt herauf ich schritt,
  Um erquickt zu werden in Norwegens Sommer,
  Ich Heilung suchte bei des Gebirges Stein,
  Und fand sie bei des Thales Blumen.
Und die Freude (welche) ich genoß auf diesem Fleck,
  Das Heim, das hier sie ließ mich finden,
  Hat gemacht mir das lieb, hat gemacht mir das leicht,
  Zu preisen das nordische Weib.

III. Niederländisch.

Dansliedje.

Volkslied des 16. Jahrhunderts, gesungen von den Geusen in der
Revolution unter Philipp II.

Vlämisch.

Daar ging een patertje langs de kant [1],
    Hei, 't was in de mei!
Hij vatte zijn zoetelief [2] bij de hand,
    Hei, 't was in de mei
            Zoo blei [3],
    Hei, 't was in de mei!

Pater, gij moet knielen gaan [4],
    Hei, 't is in de mei!
Nonnetje [5], gij moet blijven stan,
    Hei, 't is in de mei
            Zoo blei,
    Hei, 't is in de mei!

Pater, spreid uw zwaarte kap [6],
    Hei, 't is in de mei!
Daar uw heilige non op stap [7],
    Hei, 't is in de mei
            Zoo blei,
    Hei, 't is in de mei!

---

[1] Da ging ein Mönchlein längs der Meeresstrante. [2] er faßte sein süßes
Lieb. [3] so froh. [4] du mußt knien gehn. [5] Nönnchen. [6] breitet eure schwarze
Kapuze hin. [7] da eure heilige Nonne darauf trete.

Pater, geef uw non een zoen [1],
   Hei, 't is in de mei!
Dat moogje nog wel zesmaal doen [2].
   Zesmaal, zesmaal doen,
      Zoo blei,
   Hei, 't is in de mei!

Pater beur uw non weer op [3],
   Hei, 't is in de mei!
En dans nu [4] met uw kermispop! [5]
   Hei, 't is in de mei
      Zoo blei,
   Hei, 't is in de mei!

Pater, gij moet scheiden gaan,
   Hei, 't is in de mei!
En moet uw nonnetje laten staan,
   Hei, 't is in de mei
      Zoo blei!
   Hei, 't is in de mei!

Nonnetje, wilt nu kiezen [6] gaan,
   Hei, 't is in de mei!
Neem nu een' anderen pater aan,
   Hei, 't is in de mei
      Zoo blei,
   Hei, 't is in de mei!

---

[1] Kuß. [2] das möget ihr noch wohl sechsmal thun. [3] hebet eure Nonne wieder empor. [4] tanzet nun. [5] Kirmespuppe. [6] wählen.

Danst, danst, kweselke.

Flämisch.

Mundart von Brabant.

Danst. danst, kweselke [1],
Ik sal oe geven e piärd. [2]
— Nee, sei dat loddelek [3] kweselke,
Dad is me 't danssen ni wärd.
    Ik kan ni danssen,
    Ik mag ni danssen;
Danssen en is ons regel nit,
Popen [4] en kwesels danssen nit.

Danst. danst, kweselke,
Ik sal oe geven en koei. [5]
— Nee, sei dat loddelek kweselke,
Van danssen wedde ik moei. [6]
    Ik kan ni danssen,
    Ik mag ni danssen;
Danssen en is ons regel nit,
Popen en kwesels danssen nit.

Danst, danst, kweselke,
Ik sal oe geven 'nen man.
— Dan sei dat loddelek kweselke:
Ik sal [7] danssen. wat ik kan!

---

[1] Tanze, Nönnchen. [2] ich werde euch geben ein Pferd. [3] sagt das verliebte. [4] Pfaffen. [5] Kuh. [6] müde. [7] werde.

Ik wil wel danssen,
Ik mag wel danssen,
Danssen is onse regel wel,
Popen en kwesels danssen wel!

— — —

Dagelijksch Brood.[1]

Holländisch.

Mijn brood is 't brood der bloeiende aarde,
Mijn brood is weelde[2] en overvloed,
De bloesems[3] van mijn lentegaarde[4],
De frissche lucht[5], die sterkt en voedt[6];
Een uitgelezen schat van zegen,
Die als van zelf vloeit in mijn schoot:
Mijn hart, verwonderd en verlegen,
Och, stamel van uw daaglijksch brood!

Mijn brood! het regent in de dalen[7],
't is morgendaauw en uchtendgoud[8],
Het zijn Gods heldre zonnestralen,
Het is de lommer[9] van het woud[10];
't is de avondwind der blonde duinen[11],
De geur[12] van 't landschap aan mijn voet,
Het koorgezang uit de eike-kruinen,
Het golfgeruisch by d'avondgloed!

't zijn, die my wekken, blijde[13] brieven,
De vriendelijke morgengroet,
De wenschen mijner verre lieven,
Die vragen: smaakt u 't leven zoet?

---

1 Tägliches Brot. 2 Fülle. 3 Blüten. 4 Lenz=(Frühlings=)garten. 5 Luft.
6 nährt. 7 Thälern. 8 Morgenroth (Morgengold). 9 Schatten. 10 Wald.
11 Dünen. 12 Duft. 13 fröhliche.

't is vriendschap, zeegnend uit de verte [1],
't is liefde, zeegnend en naby [2],
Het is een droom van 't dichterharte,
Of reeds [3] het leven hemel zij?

Het is de glans van heldre [4] blikken,
Die als de hemel, blaauw en zacht,
Mijn mijmrend [5] hoofd, mijn hart verkwikken,
Een zoete mond, die geeft en lacht;
't zijn frissche rozen, frissche wangen,
't is dwaas gesnap [6], en druk gedruisch [7]
Van kinderspelen en gezangen,
De weelde van het vrolijk huis!

O! 'k weet wel dat het brood der smarte
Ook my, als ieder stervling [8], wacht;
Maar [9] nu — vergeef my, zoo mijn harte
Niet aan het oude vonnis [10] dacht: —
Ik mag van 't brood der weelde zingen,
Van zegen, dien my God bereidt
In 't zweet [11] — van verre wandelingen,
Met tranen, ja — van dankbaarheid!

P. A. de Génestet.

---

[1] segnend aus der Ferne. [2] in der Nähe. [3] bereits. [4] hellen. [5] grübelnd.
[6] thörichtes Geplauder. [7] flüchtiges Geräusch. [8] Menschen („Sterbling").
[9] doch. [10] Urtheil, Bestimmung. [11] Schweiß.

't gelukkig boerinnetje.[1]

'k was achttien jaar en vlug ter been[2],
Ik danste en sprong met iedereen[3];
Want[4] nog had ik geen keus[5] gedaan,
En ach! er kwam geen vrijër aan!
De jongens waren niet zoo mal[6];
Ik danste en sprong voor niemendal.[7]

Er werd wel overal gezeid:
Die Leen is toch een mooije[8] meid;
Maar[9] 't bleef daarbij, tot mijn verdriet[10];
Men vond me mooi, en — meer ook niet:
Ik kwijnde[11], als 't vogeltje in de kooi[12],
En bleef voor niemendal zoo mooi!

Daar stierf Oom Krelis[13] te Breda,
En liet me duizend rijders[14] na;
Toen[15] was 't aan vrijers geen gebrek[16];
Ze werden van verliefdheit gek.[17]
Ze kwamen — zeven te gelijk —:
'k werd niet voor niemendal zoo rijk.

---

1 Das glückliche Bauersmädchen. 2 flink auf den Füßen. 3 jedermann. 4 denn. 5 Wahl. 6 nicht so thöricht. 7 für nichts (umsonst). 8 schöne. 9 jedoch. 10 zu meinem Verdruß. 11 welkte hin. 12 Käfig. 13 Oheim Cornelius. 14 tausend Reiter (alte Münze). 15 alsdann. 16 Mangel. 17 närrisch.

En daar ik 't nu voor 't kiezen[1] had,
Nam ik Neef Japik Immerwat,
Die vast al eer mij had gevraagd, —
Was 't geld van Oom eer opgedaagd.[2]
Nog nooit[3] heeft mij die keus berouwd.
'k ben niet voor niemendal getrouwd!

Dáár staan en hupplen om mij heen
Reeds negen[4] kinders. God alleen
Kent ons geluk! Ze worden groot;
We hebben werk voor hen en brood.
En 'k ben, wat Japik gaarne ziet
Voor niemendal hun[5] moeder niet.

Nooit heb ik overvloed begeerd,
Maar de arbeid heeft ons goed vermeerd.
Ik hoop te sterven vóór mijn man,
Opdat hij eens[6] getuigen kan:
Als brave vrouw en moeder heeft
Ze niet voor niemendal geleefd.

Helvetius van den Bergh.

—   —   .

[1] freien. [2] zum Vorschein gekommen. [3] niemals. [4] bereits neun. [5] ihre.
[6] bezeugen.

IV. Friesisch.

(Vgl. S. 249—254.)

De Noorde wijn.

Westfriesisch, Mundart von Hindelopen.

1 De Noorde wijn, hu kaald en stoer
  En fel yn winterflaaigen,
  Al waait se trog de læē su soer
  Ys mest ne uis behaaigen.

2 Al ys mijn man den oppe see,
  Hy sol nei buis wol drieuwe,
  En yzzer tuis ov oppe ree,
  Su mutter tuis wol blieuwe.

Mundart der südwestlichen Spitze Westfrieslands.

Ick hab dij lïef mey al mijn hirt[1],
Bij dij is al mijn nocht allinne[2];
Mijn hijmmelrijck is in dijn schirte,
In trog dijn ægen[3] schijnt mijn sinne.[4]

---

1 Der Nordwind, wie kalt und streng
  Und grausam in Winterstürmen,
  Obwohl er weht durch die Glieder so scharf (sauer),
  Ist meist nach unserem Behagen.

2 Ist auch mein Mann dann auf der See,
  Er wird nach Hause zu wol treiben,
  Und ist er zu Hause oder auf der Rhede,
  So muß er zu Hause wol bleiben.

[1] mit all meinem Herzen. [2] meine Lust allein. [3] und durch deine Augen.
[4] scheint meine Sonne.

V. Angelsächsischer Sprachzweig.

Der Kampf um Finnsburg.

Angelsächsisch.   Aufzeichnung des 8. (?) Jahrhunderts.

(Text nach Grein, „Beovulf" S. 75. Ergänzungen in [ ].)

1 *H*leódhrode thâ
      *h*eadhogeong cyning:
2 „*N*e this ne *d*agadh eástau
      ne. hêr *d*raca ne fleógedh
3 *N*e hêr thisse *h*ealle
      *h*ornas ne byrnadh;
4 Ac hêr *f*ordh beradh
      [*f*eorhgenidhlan
5 *F*yrdsearu *f*úslicu],
      *f*ugelas singadh,
6 *G*ylledh *g*ræghama,
      *g*údhwudu hlynnedh,

---

1 Es rief laut dann
      der kriegerische junge König (Friese, von Dänen bedrängt):
2 „Dieses (Licht) taget nicht von Osten,
      noch hier ein (feuriger) Drache fliegt,
3 Noch auch hier von dieser Halle
      die Hörner (Giebelzierrathe) nicht brennen.
4 Aber hier vorwärts (auf uns zu) tragen
      die Todfeinde (die nach dem Leben stellenden)
5 Waffenrüstung bereit;
      die Vögel singen,
6 Es gellet das Graukleid (d. i. der Panzer),
      Kampfholz (d. i. der Schild) ertönt,

7 *S*cyld scefte oncwydh.
   Nu scŷnedh thes môna
8 *W*adhol under *w*olcnum;
   nu ârîsadh *w*eádæda,
9 The thisne *f*olces nidh
   *f*remman willadh,
10 Ac on*w*acnigeadh nu,
   *W*igend mine,
11 *H*abbadh côwre *h*anda,
   *h*icgeadh on ellen,
12 Windadh on ordre,
   wesadh onmôde,
13 [Rincas *m*ine]!"
   Thâ árâs *m*onig
14 *G*oldhladen thegn,
   *g*yrde hine his swurde;
15 Thâ tô *d*ura eodon
   *d*rihtlice cempan
16 *S*igeferdh and Eáha,
   hyra sweord getugon.

— — — — —

7 Der Schild dem Schafte antwortet,
   Nun scheinet des Mondes
8 Wadel (d. i. das Vollgesicht des Mondes) unter Wolken:
   nun erheben sich Wehthaten,
9 Die dieses Volkes Haß
   vollbringen will.
10 Aber wachet nun auf,
   Krieger meine!
11 Hebt eure Hände auf,
   seid eingedenk der Tapferkeit,
12 Kämpfet an der Spitze,
   seid einmüthig,
13 Meine Mannen!"
   Da erhob sich mancher
14 Goldbedeckte Degen,
   umgürtete sich sein Schwert;
15 Alsdann zur Thüre gingen
   die edeln Kämpen,
16 Sigeferdh und Eaha,
   ihre Schwerter zogen sie.

17 And æt ôdhrum durum
    Ordlâf and *Gûdhlaf*,
18 And *Hengest* sylf
    *h*wearf him on lâste.
19 Thâ gyt *Gârulf*
    Gûdhere styrode,
20 Thæt hie swâ *freólic feorh*
    *f*orman sidhê
21 Tô thære *h*ealle durum
    *h*yrsta ne bære,
22 *N*u hit *w*idha heard
     â*n*yman wolde,
23 Ac he frægn ofer *eal*
    *u*ndearninga,
24 *Deórmôd h*æledh,
    hwâ thâ *d*uru *h*eólde:
25 „*Sigeferdh* is mîn nama“ (cwædh he),
    ..ic eom *Secgena* leód,
26 *W*reccea *w*ide cûdh!
    fela ic *w*eána gebâd,

---

17 Und von der andern Thüre her
    Erdlaf und Gudhlaf (Feinde, Dänen),
18 Und Hengest selber
    folgte ihnen auf der Spur.
19 Da nun den Garulf
    Guthere störte (hielt zurück),
20 Daß er, ein solch herrliches (junges) Leben,
    zum ersten Male
21 Zu der Halle Thüren
    die Rüstung nicht trüge,
22 Nun es (das Leben) ein zum Kampfe harter
    wegnehmen wollte.
23 Aber er (Garulf) frug über alle hin,
    unverholen,
24 Der theuermuthige Held,
    wer denn die Thüre hielte (behütete)?
25 „Sigeferdh ist mein Name“, sagte der,
    „ich bin der Secgen Fürst,
26 Ein Recke, weithin bekannt.
    Viele ich Wehen ertrug,

27 *Heardra* *h*ilda!
    the is gyt *h*êr witod,
28 Swædher thu *s*ylf tô me
    *s*êcean wylle."
29 Thâ wæs on *w*ealle
    *w*ælslihta gehlyn,
30 Sceolde cellod bord
    cênum on handa
31 *B*ânhelm *b*erstan;
    *b*uruhthelu dynede,
32 Ôdh æt thære *g*ûdhe
    *G*ârulf gecrang
33 *E*alra ærest
    eordhbûendra,
34 *G*ûdhlâfes sunu,
    ymbe hine *g*ôdra fela,
35 *H*wearflicra *h*ræw.
    *H*ræfn wandrode
36 *S*weart and sealobrûn;
    swourdleóma stôd,

---

27 Harte Kämpfe;
    dir ist hier noch beschieden,
28 Was immer du selbst gegen mich
    suchen willst!"
29 Da war an der Mauer
    todbringender Schlacht Getöse;
30 Es sollte der gelielte Schild
    den Kühnen an der Hand,
31 Der Beinhelm, brechen;
    die Burgdiele ertönete,
32 Bis daß in diesem Kampfe
    Garulf fiel,
33 Der allererste
    der Erdbewohner,
34 Gudhlafs Sohn;
    um ihn der Guten viele,
35 Ein Leichenhaufen von Rüstigen.
    Der Rabe wanderte (flog umher),
36 Schwarz und dunkelbraun;
    der Schwerterglanz stand fest,

37   Swylce eal *Finnsburuh*
     fyrenu wære. †

37   Als ob die ganze Finnsburg
     in Feuer wäre.

Come o'er the sea.

Englisch.

Come o'er the sea,
Maiden, with me,
Mine through sunshine, storm and snow;
Seasons may roll,
But the true soul
Burns the same, where 'er it goes.
Let fate frown on, so we love and part not;
'Tis life where thou art, 'tis death where thou art not.
Then come o'er the sea,
Maiden, with me,
Come wherever the wild wind blows;
Seasons may roll,
But the true soul
Burns the same, where 'er it goes.

———— ——

Komm über die See,
Mädchen, mit mir,
Mein durch Sonnenschein, Sturm und Schnee;
Die Jahreszeiten mögen dahinrollen,
Aber die treue Seele
Brennt gleicherweise, wo immer sie geht.
Laßt das Schicksal zürnen, so wir lieben und uns verlassen nicht;
Es ist Leben, wo du bist, es ist Tod, wo du nicht bist.
Daher komm über die See,
Mädchen, mit mir,
Komm, wo immer der wilde Wind saust;
Die Jahreszeiten mögen dahinrollen,
Aber die treue Seele
Brennt gleicherweise, wo immer sie geht.

Was not the sea
Made for the free,
Land for courts and chains alone?
Here we are slaves,
But on the waves,
Love and liberty's all our own.
No eye to watch, and no tongue to wound us,
All earth forgot, and all heaven around us —
Then come o'er the sea,
Maiden, whit me,
Mine through sunshine, storm and snows;
Seasons may roll,
But the true soul
Burns the same, where 'er it goes.

Th. Moore.

—

War nicht die See
Gemacht für die Freien,
Land für Höfe und Ketten allein?
Hier sind wir Sklaven,
Aber auf den Wellen
Liebe und Freiheit ist all unser eigen.
Kein Auge zu bewachen und keine Zunge zu verwunden uns,
Die ganze Erde vergessen und der ganze Himmel um uns:
Daher komm' über die See,
Mädchen, mit mir,
Mein durch Sonnenschein, Sturm und Schnee:
Die Jahreszeiten mögen dahinrollen,
Aber die treue Seele
Brennt gleicherweise, wo immer sie geht.

My bonnie Mary.

Schottisch.

Go fetch to me a pint o' wine,
　An' fill it in a silver tassie;
That I may drink, before I go,
　A service to my bonnie lassie;
The boat rocks at the pier o' Leith,
　Fu' loud the wind blaws frae the ferry;
The ship rides by the Berwick-law,
　And I maun leave my bonnie Mary.

The trumpets sound, the banners fly,
　The glittering spears are ranked ready;
The shouts o' war are heard afar,
　The battle closes thick and bloody;

Geh' holen mir eine Kanne Weines
　Und fülle ihn in einen silbernen Becher,
Daß ich mag trinken, bevor ich gehe
　Aufs Wohl meines holden (hübschen) Mädchens.
Das Boot schaukelt am Damme des Leith,
　Sehr laut der Wind bläst von der Fähre her,
Das Schiff schwankt an den Berwick-Felsen,
　Und ich muß lassen meine holde Mary.

Die Trompeten ertönen, die Banner fliegen,
　Die blinkenden Speere sind gereihet fertig (bereit),
Die Rufe des Krieges werden gehört von ferne,
　Das Treffen schließt sich dicht und blutig.

But it 's not the roar o' sea or shore
  Wad make me langer wish to tarry.
Nor shout o' war that 's heard afar —
  It 's leaving thee, my bonnie Mary.

R. Burns.

Aber es ist nicht das Getöse der See oder der Küste
  Was macht mich länger wünschen zu verweilen,
Noch der Schlachtruf, der ist gehört von ferne:
  Es ist, zu lassen dich, meine holde Mary.

Deutsches Schlusswort.

Treue Liebe bis zum Grabe
Schwör' ich dir mit Herz und Hand!
Was ich bin und was ich habe,
Dank' ich dir, mein Vaterland!

Nicht in Worten nur und Liedern
Ist mein Herz zum Dank bereit,
Mit der That will ich's erwidern
Dir in Noth, in Kampf und Streit.

In der Freude wie im Leide
Ruf' ich's Freund' und Feinden zu:
Ewig sind vereint wir beide,
Und mein Stolz, mein Glück bist du.

Treue Liebe bis zum Grabe
Schwör' ich dir mit Herz und Hand!
Was ich bin und was ich habe,
Dank' ich dir mein Vaterland!

Hoffmann von Fallersleben.

Berichtigungen.

Seite 142, Zeile 6 v. u., statt: nii, lies: niid
 »   148,   » 10 v. u., st.: Reise, l.: Reiſſe
 »   186,   » 6 v. o., st.: hüeſche, l.: hüſche
 »   300,   » 7 v. u., st.: in das, l.: das in
 »   311,   » 4 v. o., st.: sô ¹gar, l.: sô gar¹